Redaktion und Beratung: Franz Rottensteiner
Dieser Band erschien 1972 unter dem
Titel *Mondnacht*
Umschlagzeichnung von Tom Breuer

suhrkamp taschenbuch 1123
Erste Auflage 1985

Suhrkamp Taschenbuch Verlag
Printed in Germany
Satz und Druck: Ebner Ulm
Umschlag nach Entwürfen von
Willy Fleckhaus und Rolf Staudt

1 2 3 4 5 6 – 90 89 88 87 86 85

suhrkamp taschenbuch 1123

Peter Daniel Wolfkind (Peter Vujica) wurde 1937 in Graz geboren. Nach dem Studium der Germanistik, der Anglistik und der Musik freie Mitarbeit bei verschiedenen Zeitungen, Tätigkeit als Dramaturg, Kulturredakteur, Musikkritiker und Komponist. Mitorganisator und Verantwortlicher des im »Steirischen Herbst« veranstalteten »Musikprotokolls«. Seit 1983 Intendant des »Steirischen Herbstes«. Unter dem Titel *Mondnacht* veröffentlichte er 1972 seine ersten Erzählungen. Weitere Veröffentlichungen: *Der grüne Zuzumbest,* 1973; *Die Boten des Frühlings,* 1975, u.a.

Die rätselhaften Erzählungen Peter Daniel Wolfkinds beginnen in der Realität und führen entweder allmählich oder abrupt aus der alltäglichen Situation in phantastische, ungeheuerliche Verkettungen. Aus beiläufig aufgefundenen Begebenheiten wächst das Geschehen in traumhafte Erlebnisse, merkwürdige und unerklärliche Mächte verändern grundlegend die Charaktere. Scheinbar einfache Ausgangspositionen lösen sich im Lauf der Handlung in einen kausal nicht faßbaren Endzustand auf, Realität und Traum, Rationales und Irrationales sind gleichrangige Erlebnissphären. Doch meist reduziert sich das Geschehen zuletzt auf die existentielle Situation des einzelnen, der an der Härte und Gleichgültigkeit der anderen zugrunde geht.

Peter Daniel Wolfkind
Das Fest der Kröten

Phantastische Erzählungen

Phantastische Bibliothek
Band 144

Suhrkamp

Inhalt

Besuch bei Alda

Dieser Faschingsamstag hatte früh geendet. Es war erst zehn Uhr abends, und ich lag schon im Bett. Ich konnte nicht einschlafen. Bald war es in dem kleinen Zimmer, das Alda Blauberg in ihrem Landhaus immer für mich bereithielt, hell, bald wurde es wieder dunkel. Der Sturm trieb viele kleine Wolken über den Mond. Der Raum war mir schon sehr vertraut. Auch im Dunkel erkannte ich alle Gegenstände. Den hohen altdeutschen Spiegelkasten mir gegenüber, der vor einer schmalen Tapetentür stand. Die Kommode links von meinem Bett, darauf das Bild eines malerisch uniformierten Offiziers. Einer von Aldas einstigen Geliebten. Ein Herzog oder ein Baron. Als er am Ende des ersten Weltkrieges seine Güter in Mähren verlor, verkaufte er den gesamten Schmuck seiner Frau. Um den Erlös ließ er Alda Blauberg, wie sie mir mehrmals erzählt hatte, dieses Landhaus bauen. Bald nach dem Krieg soll er seine Frau erschossen und dann Selbstmord begangen haben. Wenn der Mond das Zimmer hell erleuchtete, sah ich die dunklen Flecken am gelb schimmernden Rahmen seiner Photographie. Neben dem Bild lagen kunstvoll ziselierte Petschaften, Briefbeschwerer aus Rosenquarz, Bernstein und Bleikristall, ein silberner Drehbleistift, eine Tabatiere und andere nutzlose Gegenstände. Sinnlose Geschenke, mit denen Alda als gefeierte Sängerin einst überhäuft worden war. Die Wand über der Kommode war bedeckt mit Lorbeerkränzen, Urkunden, Briefen, darunter einer von ihrer einstigen Majestät, Zita, der letzten Kaiserin von Österreich. Und über meinem Bett hing, von einem massiven Holzrahmen umgeben, Alda Blaubergs Adelsbrief. In den Laden der breiten Kommode lagen neben unzähligen Photographien, die Alda als Tosca, als Aïda, als Sieglinde und noch in verschiedenen anderen Sopranpartien zeigten, mehrere dicke Bände, in denen meine Gastgeberin sämtliche Zeitungskritiken gesammelt hatte, die über sie in Wien, Mailand, Paris und New York erschienen waren. Besonders ihre »Tosca« hatte immer wieder Aufsehen erregt. Mit einer Festaufführung der »Tosca« war sie auch, sechzigjährig und noch immer stürmisch umjubelt, von der Bühne abgetreten. Seit fünfundzwanzig Jahren lebte sie nun zurückgezogen in ihrem Landhaus.

Schritte in der Diele des Hauses und das Wiehern eines Pferdes hinderten mich am Einschlafen. Dann und wann hörte ich laute

Musik. Sie riß jäh wieder ab. Die sonderbaren Eindrücke dieses Tages beschäftigten mich immer wieder.

Meine Fahrt zu Alda war so ungewohnt verlaufen. Je höher ich kam, desto wärmer war es geworden. Ich mußte die Heizung meines Wagens ausschalten. Tief gruben sich die Räder in den vom Föhnsturm aufgeweichten Schnee. Es war, als hätte der schmale Weg mich daran hindern wollen, zu Aldas Haus zu gelangen. Dort, wo hohe Fichten und Lärchen den Wind und die Sonne fernhielten, war der Weg vereist. Die Hinterräder meines Autos drehten sich durch. Mehrmals hatte ich aussteigen und Reisig unter die Räder legen müssen. Als ich die blinkenden Fenster der entfernten Höfe jenseits des Tales sah, konnte ich nicht erkennen, ob sich die untergehende Februarsonne in ihnen spiegelte oder ob man dahinter schon die Lichter eingeschaltet hatte. Ich erinnerte mich an meine Gedanken: daß dieser Aufenthalt bei Alda anders verlaufen müßte als sonst, alles von früheren Fahrten her Vertraute hatte gefehlt. Vor dem Haus des Faßbinders brannte kein Feuer. Er bog sonst über diesem die Bretter für seine Fässer zurecht. Wenn ich vorbeifuhr, grüßte er mich immer freundlich. Diesmal hatte ich im schmelzenden Schnee nur die schwarze Feuerstelle gesehen. Auch der Heidinger-Pepperl war ich nicht begegnet. Sie war die debile Tochter eines Bauern, dessen Hof an meinem Weg lag. Sonst lehnte sie bei jedem Wetter an der rissigen, der Straße zugekehrten Nordwand des Hauses und sang zu den Klängen eines Kofferradios, das sie immer bei sich trug. Manchmal blieb ich stehen und fragte sie, was sie denn Schönes singe. Dann grinste sie und sagte nur: »Blauberg, Blauberg.« Alda Blauberg lachte immer, wenn ich von Pepperl erzählte. Ich hatte mit meinem Wagen einige Bauern überholt. Sie waren hastig durch den nassen Schnee gegangen. Ich hatte gedacht, sie wären unterwegs in ein Gasthaus. Es war ja Faschingsamstag.

Die Balken des Daches knarrten im Sturm. Wieder hörte ich das Wiehern des Pferdes. Ich erinnerte mich an das Fuhrwerk, dem ich begegnet war. In einer Kurve hatte ich es plötzlich vor mir gesehen. Ich konnte es nicht überholen, der Weg war zu schmal. Ich mußte langsamer werden. Schließlich war mein Wagen im tiefen Schnee steckengeblieben. Der Kutscher hatte mich nicht bemerkt. Ich mußte aussteigen und dem Fuhrwerk nachlaufen. Ich hatte laut gerufen. Endlich drehte sich der Kutscher um. Er trug einen grünen Lodenmantel und Ohrenschützer. Es war der Faßbinder. Er hatte seinen Rappen eingespannt. Auf dem Wagen lag eine lange, schwarze Kiste. Er hatte freundlich genickt. »Auch unterwegs zur Blauberg?« fragte er. Der Faßbinder hielt sein Pferd an. Mühsam hatten wir meinen Wagen bis zu seinem Fuhrwerk geschoben und ihn darangebunden. Dann ließ ich mich eine Strecke vom Rappen ziehen. Ich mußte warten, bis der Weg breiter wurde, dann fuhr ich vor. »Wir sehen uns!« hatte mir der Faßbinder nachgerufen.

Ich hörte wieder das Pferd wiehern. Vielleicht war es der Rappe des Faßbinders, dachte ich. Inzwischen könnte er den schlechten Weg leicht zurückgelegt haben.

Meine Fahrt zu Aldas Landhaus hatte sehr lange gedauert. Der Parkplatz, den Alda für mich immer ausschaufeln ließ, war besetzt gewesen. Ein kleines Auto stand darauf. Unmittelbar neben dem Haus war ich mit meinem Wagen in eine Wächte geraten. Ich hoffte, der Föhnsturm würde den Schnee über Nacht schmelzen lassen.

Wieder hörte ich laute Musik.

Ich hatte sie auch gehört, als ich am späten Nachmittag das Haus betreten hatte. Sie kam aus dem Kofferradio der Pepperl. In der Diele hatten sich die Bauern aus der Umgebung versammelt. Der Arzt war mir entgegengekommen. Ihm gehörte das Auto, das auf meinem Parkplatz stand. »Gut, daß Sie kommen«, hatte er gesagt, »ich glaube, mit der Frau Kammersänger geht es zu Ende.« Die Frau des Faßbinders und ein Mann, den ich nicht kannte, hatten versucht, mein Gespräch mit dem Arzt zu belauschen. Wir hatten uns in das Badezimmer zurückgezogen. Die breite, blaugekachelte Badewanne mit den vergoldeten Armaturen war zur Hälfte voll. Im Wasser schwammen Blumen. Rosen, Gerbera, Iris, Chrysanthemen, Flieder. Ich hatte den Arzt gefragt, warum in der Badewanne Blumen schwämmen. »Für den Fall, daß«, hatte der Arzt gesagt. »Seit einigen Tagen will das Herz der Frau Kammersänger nicht. Und jetzt noch der Föhn. Ich fürchte, es wird heute nacht passieren.« Als wir aus dem Badezimmer kamen, hatte Pepperl laut geweint. Ihr Vater hatte ihr das Kofferradio weggenommen. Später hatte man es ihr wieder gegeben. Die umstehenden Bauern aber schalteten das Radio, sobald sie die Musik hörten, mit unwilligem Gemurmel wieder aus. Ab und zu hörte ich Pepperls unterdrückte Proteste.

Ich erinnerte mich an Alda. An ihren scharfen, stechenden Blick, der mich traf, als ich ihr Zimmer betreten hatte. So schaute keine Sterbende. Ich hatte erwartet, eine friedlich Schlummernde vorzufinden. Doch Alda war ganz wach. Sie saß, von vielen Kissen gestützt, aufrecht in ihrem Bett. »Mein Lieber«, sagte sie mit ihrer herrischen Stimme, »schön, daß du gekommen bist.« Ich erkundigte mich nach ihrem Befinden. »Ach, weißt du«, ich hörte sie sprechen und fühlte ihren scharfen Blick, »dieser Föhn macht mir immer zu schaffen. Aber in ein paar Tagen ist das alles vorbei.« Neben ihrem Bett stand ein Stuhl, auf dem eine Uniformjacke hing. Es war eine Uniform aus der Monarchie. Reich mit Gold bestickt. »Ein lieber alter Freund ist zu Besuch bei mir«, hatte Alda gesagt, als sie bemerkte, daß ich immer wieder das merkwürdige Kleidungsstück neben ihrem Bett ansah. Ich hätte den Besucher gerne kennengelernt. Alda erzählte mir, daß er sehr schlecht sähe und sich schon zur Ruhe begeben hätte. Ich sollte mich bis zum Morgen gedulden.

Das Pferd vor dem Haus wieherte. Unruhig riß es an der Deichsel des Wagens. Die Ketten klirrten. Ich schloß die Augen. Immer, wenn ich die Augen schloß, sah ich Aldas scharfen Blick. Er war ungewöhnlich an ihr. Sie sah sonst schon sehr schlecht. Wenn der Mond mein Zimmer erleuchtete, meinte ich, aus dem hohen Spiegel des altdeutschen Kastens blicke Alda auf mich. Ich stand auf und verhängte den Spiegel mit meinem Schlafrock. Die Photographie des uniformierten Aristokraten legte ich in die oberste Lade der Kommode. Grell ertönten einige Takte Musik und danach das Murren der von den Aldas Tod erwartenden Nachbarn überwältigten Pepperl.

Ich legte mich wieder hin. Vergeblich bemühte ich mich einzuschlafen. Ich beschloß, ins Freie zu gehen.

Als ich hinunterkam in die Diele, standen alle Nachbarn beisammen und beteten leise den Rosenkranz. Ich sah, daß der Faßbinder gekommen war. Er betete vor. Als er mich bemerkte, nickte er kurz. Die übrigen ließen sich nicht stören. Pepperl saß still in einem Korbstuhl neben der Haustür und hielt ihr Radio auf dem Schoß. Als ich an ihr vorbeikam, berührte ich mit meinem Zeigefinger mehrmals meine Lippen, zum Zeichen, daß sie sich ruhig verhalten müsse. Sie nickte heftig.

Ich trat hinaus in die stürmische Föhnnacht. Der Rappe des Faßbinders war unruhig. Im Vorbeigehen tätschelte ich ihn am Hals. Er schnaubte und scharrte mit den Hufen im Erdreich. Er hatte den nassen Schnee schon durchgescharrt. Der Parkplatz war leer. Der Arzt war weggefahren. Ich überlegte, ob ich versuchen sollte, mein Auto an den gewohnten Platz zu stellen. Doch neben dem Weg war der Schnee noch hoch. Ich zweigte von der schmalen Straße in einen Feldweg ab, der ins Tal hinunterführte. Hie und da knarrte ein Ast in den Baumkronen. Hastig stürmte der Mond durch die vielen kleinen Wolken. Silbrig spiegelte sich sein Licht im Bach, der mehrmals meinen Weg kreuzte. Unter den schmalen Stegen waren noch Eisreste zu sehen. Die Nacht war sehr hell. In großer Entfernung sah ich eine Gestalt. Sie kam mir langsam entgegen. War es einer der vielen Bauern, die in dieser Faschingsnacht unterwegs waren?

Der Gang dieses Menschen schien mir seltsam. Vielleicht war er betrunken. Er wechselte von einer Seite des Weges zur anderen, bückte sich immer wieder und schien mit einem glänzenden, leicht gekrümmten Stock im dürren Gras nach etwas zu suchen. Bald stocherte er rechts vom Weg, bald links. Dann bückte er sich wieder, als wollte er das von seinem Stock aufgewühlte Gras ganz genau betrachten. Manchmal schien er auch etwas aufzuheben und führte es nahe an sein Gesicht, als wäre er kurzsichtig. Er kam nur langsam voran. Ich näherte mich der fremden Gestalt, bis ich sie genauer betrachten konnte. Es war ein Mann. Er war schlank. Von weitem hätte man seine Figur als elegant bezeichnen können. Nur seine Kleidung wirkte wunderlich. Auf dem Kopf trug er eine Art von Hut. Oder war es eine Mütze? Ich konnte es nicht genau erkennen, denn der Mond durcheilte gerade ein langes Wolkenfeld. Ich zögerte. Sollte ich noch näher an den Fremden herangehen? Dann würde er mich bemerken und in seiner Tätigkeit innehalten. Seine Hose war blau. Ich meinte auch einen dunklen Streifen zu sehen, der von den Hüften bis zum Boden verlief. Trug der Mann eine Smoking-Hose? Das war kein Smoking. Dazu war der Stoff zu hell. Er trug auch kein Sakko, sondern einen Pullover, der sich eng an den schmächtigen Oberkörper des Mannes schmiegte. Immer wieder scharrte er mit seinem schimmernden Stock im Boden, bückte sich, hob etwas auf, führte es ganz nah an sein Gesicht und warf es wieder weg, ging ein paar Schritte weiter oder wandte sich auf die andere Seite des Weges und setzte seine rastlose Tätigkeit fort. Der Mann kam langsam näher. Ich verbarg mich hinter einer Fichte. Der Mond hatte das Wolkenfeld verlassen und spiegelte sich im Bach. Hell blitzte der Stock des Fremden. Nun, da der Mann sehr nahe an mich herangekommen war, sah ich, daß der Stock kein Stock, sondern ein Säbel war. Auch seine Kopfbedeckung schimmerte.

Der Fremde trug einen Helm. Und die Hose mit der Borte war keine Smoking-Hose, sondern die Hose einer Uniform. Nun sah ich auch sein Gesicht. Dieses Gesicht hatte ich schon einmal gesehen. Ich dachte nach. Ich mußte achtgeben, daß der Fremde mich nicht entdeckte. Als er sich unmittelbar neben mir bückte, verließ ich meinen Platz und versteckte mich hinter einem Strauch. Der Fremde hatte mich gehört. Erschrocken schaute er um sich. Ich sah seinen schimmernden Helm, sein schmales Gesicht, seine schmächtige Gestalt. Plötzlich wußte ich auch, woher ich diese Gestalt kannte. Der Mann, der mir gegenüberstand, war ein Doppelgänger des unglücklichen blaublütigen Offiziers, der Alda Blaubergs Landhaus erbauen ließ und dessen Photographie ich gerade von der Kommode meines Zimmers entfernt hatte. Auch der Helm glich dem auf dem Bild. Ich war beunruhigt. Wußte ich doch von Alda, daß dieser Graf, Baron oder Herzog schon vor mehreren Jahrzehnten Selbstmord begangen hatte. Vielleicht ging ein betrunkener Bauer von einem Kostümfest nach Hause. Daß sich dieser gerade die Maske von Aldas einstigem Liebhaber gewählt haben sollte, schien mir allerdings unwahrscheinlich. Und wo war sein Rock? Hing dieser nicht neben Aldas Bett? Ich erinnerte mich, daß Alda, auf deren Tod nun die gesamte Nachbarschaft in der Diele ihres Hauses wartete, erzählt hatte, ein Mann wäre bei ihr zu Besuch. Nach einiger Zeit begann der Fremde wieder mit seinem Säbel im Boden zu scharren. Was suchte er? Reglos stand ich hinter dem Strauch. Ich überlegte. Ich hatte eine Scheu, dem Fremden zu begegnen. Sollte ich ihn vorgehen lassen? Ich benutzte einen heftigen Sturmstoß, verließ mein Versteck und lief ein paar Bäume weiter. Der Uniformierte hatte mich nicht bemerkt. Ich war müde. Ich wollte zurück in das Landhaus. Neben mir machte der Weg eine Biegung. Ohne daß mich der Fremde entdeckt hatte, kam ich zurück zu Aldas Haus.

In der Diele brannte noch Licht. Ich öffnete die Haustür. Die Bauern standen noch immer beisammen und beteten den Rosenkranz. Plötzlich hielten sie inne. Man hörte Schritte. War es Aldas Gast, der die knarrende Stiege herunterkam? Pepperl hatte ihren Mund weit geöffnet. Es erschien Alda. Mit stechendem Blick musterte sie jeden einzelnen der verblüfften Trauergemeinde.

»Na, was gibt es denn?« Ihre Stimme klang fest und energisch wie immer.

Wir schwiegen. Endlich faßte der Faßbinder Mut und sagte:

»Gnädige Frau, wir haben gehört, es geht Ihnen nicht gut. Da wollten wir Sie besuchen.«

»Wie ihr seht, geht es mir gut. Heute ist Faschingsamstag. Den soll man nicht im Haus einer alten Frau verbringen. Geht ruhig nach Hause.«

Es erhob sich ein vielstimmiges Gemurmel. Jeder einzelne der anwesenden Bauern grüßte und murmelte unverständliche Genesungswünsche, bevor er sich zur Tür wandte. Alda stand reglos auf der letzten Stufe und beobachtete, wie sich das Haus leerte. Gerne wäre ich auf mein Zimmer gegangen. Doch ich hatte Angst, an Alda vorbeizugehen. Ich fürchtete ihre Nähe. Daher wartete ich, bis sie die Diele betreten hatte. So schnell ich konnte, wollte ich mich zurückziehen. Ich hörte sie laut auflachen. »Peter!« rief sie. Sie stand im Badezimmer vor der halbvollen Badewanne, in der die Blumen schwammen. »Schau her, die wollten mich schon aufbahren.«

»Ja, der Arzt hat das Schlimmste befürchtet«, sagte ich.

»Das Schlimmste, das Schlimmste. Diese Ärzte!« Sie nahm die Blumen aus der Badewanne und warf sie vor die Haustür. Ihr Gang war unsicher. Ich benützte die Gelegenheit und ging schnell in das obere Stockwerk.

Als ich mein Zimmer betrat, erschrak ich vor dem Schlafrock, der über dem Spiegel hing. Im Licht des Mondes erinnerte er an einen Menschen, der sich mit letzter Kraft an die Tür des Kastens klammerte. Da Alda wieder umherging, hatte ich damit zu rechnen, daß sie am nächsten Morgen in mein Zimmer kommen würde. Ich nahm daher die Photographie ihres großzügigen Geliebten wieder aus der Lade und wollte sie auf die Kommode stellen. Ich erinnerte mich der Gestalt, der ich zuvor begegnet war und trat ans Fenster. Ich wollte das Bild im Licht des Mondes genau betrachten. Es war dem Fremden verblüffend ähnlich. Nur an den Augen erkannte ich einen Unterschied. Der Blick des Uniformierten am Weg war stumpf. Er schien schlecht zu sehen. Die Augen des Mannes auf der Photographie hingegen waren scharf und stechend. Ähnlich Aldas unangenehmem Blick, den ich diesen Abend erst an ihr festgestellt hatte.

Ich schaute aus dem Fenster. Der Faßbinder zerrte am Zaum seines Pferdes und wendete das Fuhrwerk mit lauten Rufen. Später sprangen einige Bauern auf den Wagen und setzten sich auf die schwarze Kiste. Schwerfällig setzte sich das seltsame Gefährt in

Bewegung und fuhr langsam an meinem Auto vorbei dem Tale zu. Pepperl lief hinterher. Sie preßte ihr Kofferradio mit beiden Händen an sich. Laute Tanzmusik klang durch die Faschingsnacht. Das Fuhrwerk entfernte sich. Pepperls Musik vermischte sich mit dem Rauschen der Bäume. Bald war nichts mehr zu hören.

Ich schloß das Fenster, stellte das Bild des geheimnisvollen Aristokraten zurück an seinen Platz und legte mich ins Bett. Hin und wieder hörte ich Stimmen. Zunächst meinte ich, es wäre der Sturm, der in seltsamen Akkorden um das Haus fegte. Die Stimmen wurden deutlicher. Alda war im Garten. Durch das geschlossene Fenster hörte ich sie sprechen. Sie schien äußerst erregt.

»Du kannst es!« rief sie immer wieder. »So nimm dich doch zusammen! Du weißt genau, wie dringend ich es brauche!« Dann folgten wieder einige unverständliche Sätze. Später hörte ich einen Mann sprechen. »Das letztemal, das letztemal«, sagte er immer wieder. Seine Worte vernahm ich nur sehr undeutlich.

Ich verließ wieder mein Bett. Ich wollte wissen, mit wem Alda, mit deren Ableben laut Aussage des Arztes noch vor wenigen Stunden zu rechnen war, nun so heftig debattierte.

Ich trat an das Fenster und öffnete es. Hoch aufgerichtet stand Alda zwischen den Blumen, die sie zuvor in den Garten geworfen hatte. Über ihrem rechten Arm hing ein Uniformrock. Es war derselbe Rock, den ich abends neben ihrem Bett gesehen hatte. Seine Knöpfe glänzten im Mondlicht. Vor ihr kniete der Mann, dem ich zuvor begegnet war. Er grub mit seinen bloßen Händen im Boden. »Es ist ganz vergeblich«, sagte er. »Ich kann hier nichts finden. Ich habe schon die ganze Umgebung abgesucht.«

»Es ist immer dasselbe mit dir!« Aldas Stimme klang zornig. »Immer dasselbe! Immer heißt es, ›ich hab' es nicht, und ich kann nicht‹. Ihr lächerlichen Aristokraten. Kein Wunder, daß ihr Österreich auf den Hund gebracht habt. Feigling!«

»Alda!« Der Mann schien verzweifelt. Er hob seine Hände beschwörend zur alten Sängerin.

Sie schlug ihm mit seinem Uniformrock in das Gesicht.

»Alda!« rief er wieder. »Nicht, Alda, nicht!« Er rieb sich mit einer Hand das Gesicht. »Die Knöpfe, sie tun mir so weh, die Knöpfe!« Alda schien in höchster Erregung. »Die Knöpfe, ja, die Knöpfe, die hast du noch.« Ihre Stimme bebte. »Oder hast du die auch nicht?« Sie schlug ihm den Rock nochmals in das Gesicht. »Spürst du die Knöpfe? Warum gibst du sie mir nicht, wenn du schon nichts findest?« Mit einer ruckartigen Bewegung riß Alda einen Knopf vom Rock und steckte ihn in den Mund. Ich hörte das Metall zwischen ihren Zähnen knirschen.

Der Mann wimmerte kläglich. »Nicht, Alda, nicht, ich kann so nicht zurück. Bitte, Alda, nicht die Knöpfe!«

Alda kümmerte sich nicht um ihn.

Wortlos riß sie einen Knopf nach dem anderen vom Rock. Als sie den letzten verschlungen hatte, warf sie das Kleidungsstück über das Gesicht des Mannes, der nach mehreren vergeblichen Rufen kraftlos zu Boden gesunken war. Dann ging sie wieder ins das Haus. Ich schloß bekümmert das Fenster und überlegte, ob ich das Haus Aldas noch in der Nacht verlassen sollte. Ich hatte Angst. Im Stiegenhaus hörte ich Alda singen. Das war nicht die Stimme einer kränklichen Greisin. Ich wollte Alda in dieser Nacht nicht mehr begegnen und beschloß, doch zu bleiben. Ich versperrte die Tür meines Zimmers und legte mich nieder. Alda sang noch immer.

Ich hatte schon geschlafen, als ich plötzlich durch ein Klopfen geweckt wurde. Die Klinke senkte sich und hob sich wieder.

»Peter! Peter! Mach auf!« Es war Alda. Sie sprach sehr leise. Dann rüttelte sie wieder an der Tür.

Reglos lag ich im Bett. Ich wagte mich nicht zu bewegen. Nur kein Geräusch, dachte ich, nur kein Geräusch. Sie sollte glauben, ich schliefe. Mehrmals hörte ich noch Alda flüstern. Dann entfernte sie sich. Ich bewegte mich nicht. Alles, was ich um mich sah, der Kasten, die Kommode, die Lorbeerkränze, erfüllte mich plötzlich mit Schrecken.

Was war mit Alda geschehen? War der Mann im Garten tatsächlich derselbe, der auf dem Schubladenkasten stand? Wie kann ein Mensch goldene Knöpfe essen? Alle diese Fragen peinigten mich. Was hatte Alda schließlich von mir gewollt? Warum hatte sie an der Tür gerüttelt? Hatte sie den Mann ermordet und brauchte nun meine Hilfe? Ich konnte die Vorgänge, deren Zeuge ich in dieser Nacht wurde, nicht deuten.

Wieder hörte ich Geräusche. Diesmal nicht an der Tür, sondern hinter dem Kasten. Es sperrte jemand die Tapetentür auf. Ein schwacher Lichtschein wurde unter dem Kasten sichtbar. Die Tür war offen. Wieder hörte ich Aldas Stimme. »Peter, Peter, hörst du mich?« Ich stellte mich wieder schlafend. Alda rief mich immer wieder beim Namen. Schließlich hörte ich, wie sie den Kasten beiseite rückte. Der Schlafrock, den ich vor den Spiegel gehängt hatte, fiel zu Boden. Es hatte keinen Sinn mehr, den Schlafenden zu spielen. Ich richtete mich auf und starrte entsetzt auf die eintretende Gestalt. Vor mir stand nicht die 85jährige Alda, sondern eine schöne, junge Frau. »Aber Peter«, sagte sie, »hast du solche Angst vor deiner alten Alda?« Sie hatte sich auf mein Bett gesetzt. Diese Alda, die nun zärtlich meine Hand ergriff, kannte ich nur von den Bildern in den Laden der Kommode.

»Mein kleiner Herzog«, flüsterte sie mir mehrmals ins Ohr, dann umarmte sie mich. Als sie sich bei Morgengrauen erhob und das Zimmer verließ, versuchte ich vergeblich, sie zurückzuhalten.

»Schlaf jetzt gut, mein kleiner Herzog«, sagte sie noch, bevor sie die Tür, die ich versperrt hatte, öffnete und verschwand. Als ich erwachte, schien die Sonne unnatürlich warm in mein Zimmer. Es war fast Mittag. Mein Schlafrock lag am Boden. Hastig zog ich ihn an und ging ins Badezimmer. Auf dem Steinboden lag eine abgebrochene Chrysantheme. Alda stand in der Küche wie immer. »Gut geschlafen?« fragte sie. Ich dankte höflich. »Ich habe eine Bitte«, sagte sie dann. »Der Herr, der mich besuchte, ich hab' dir gestern abend von ihm erzählt, ist heute nacht überraschend gestorben. Bist du so gut und verständigst beim Nachhausefahren den Faßbinder? Der erledigt dann alles Nötige.«

Sie führte mich zur Leiche. Der Fremde lag in Aldas Zimmer. Sein Rock war dicht mit Blumen bedeckt.

Alda wollte, daß ich zum Essen noch bei ihr bliebe. Mit dem Hinweis, daß der Faßbinder vom Todesfall sogleich verständigt werden müßte, verließ ich das Haus, so schnell ich konnte. »Komm bald wieder!« rief sie mir nach.

Der Föhnsturm, der noch immer anhielt, hatte die Wächte, in der mein Auto stand, fast zur Gänze schmelzen lassen. Mühelos gelangte ich auf die Straße, kehrte um und fuhr ins Tal. Als ich am Heidinger-Haus vorbeikam, winkte mir die Pepperl. Vor dem Haus des Faßbinders brannte kein Feuer. Es war Sonntag. Er saß in der Küche. Ich meldete ihm, daß Aldas Gast gestorben sei.

»Der in der Uniform?« fragte er. Dann sagte er: »Na jo, spannen wir halt wieder ein.«

Je tiefer ich in das Tal kam, desto kälter wurde es. Der Boden war noch gefroren. An einigen Stellen mußte ich achtgeben, um nicht ins Schleudern zu kommen.

In Dr. Terenischwilis Garten

Fährt man von Feldbach die Bundesstraße weiter in Richtung Fehring, zweigt bald nach der Kaserne rechter Hand eine schmale Straße ab. Etwas breiter als ein Feldweg; aber sehr verwahrlost und voller Schlaglöcher. Manche so tief, als stammten sie von Bomben- oder Granateneinschlägen.

Dieser Weg wird nur noch wenig benützt. Ja, vor wenigen Jahren noch, da begegnete man den Jeeps des Bundesheeres und den komfortableren Fahrzeugen der Jeunesse dorée der Oststeiermark. Sie waren unterwegs zum Espresso »Happy«. Doch das Geschäft ging immer schlechter, und heute erinnert nur noch ein verwitterter Holzpflock bei der Abzweigung an der Bundesstraße daran. Die Tafel mit der Aufschrift »Espresso Happy 500 m« haben angeheiterte Präsenzdiener aus der nahen Kaserne schon längst heruntergerissen.

Nur noch im Herbst ist Leben auf diesem Weg, wenn die Traktoren den Kukuruz und die Rüben von den Feldern schleppen und zum Wochenende die Jagdgesellschaften unterwegs sind. Mit Schrotflinten schießen sie Fasane und Rebhühner, die in den abgeernteten Kukuruzäckern hausen. Oder sie stöbern Enten im Schilf der nahen Teiche auf.

Da kann es dann passieren, daß ein getroffenes Tier zum Ärger des Schützen nicht auf den Acker oder auf die Wiese fällt, sondern in den eingezäunten Park des Hauses, in dem einst das Espresso untergebracht war, und die Hunde vor dem Drahtgitter haltmachen, blödsinnig bellen und auf das tote Tier glotzen, das sie bringen sollen.

Schimpfend steigt dann der beweglichste der meist nicht mehr sehr agilen Sonntagsjäger über den Zaun in den verödeten Park. Von außen sieht man nur noch ein paar zerbrochene Glasbeete, einen kleinen Teich, Obstbäume und Trauerweiden. Und dahinter das Haus, dessen Architektur mit diesen Trauerweiden auf ganz unübliche Weise harmoniert. Obwohl der Mörtel von den Fassaden schon stark abgebröckelt ist, erkennt man noch seine ursprüngliche hellgrüne Farbe, die sich von den Ästen der Trauerweide kaum abhebt. Und so wie sich diese Äste im runden Bogen zur Erde neigen, so verlaufen auch die Bögen der Fenster und Türen des zweistöckigen Baues. Sogar sein Giebel neigt sich in derselben melancholischen Rundung abwärts wie die Zweige der Weiden.

Unmittelbar neben dem Haus steht ein Schuppen, dessen Dach auf der einen Seite an zwei starken Weidenstämmen und auf der anderen an der Hausmauer befestigt ist. Darunter verrostet zwischen vielen verwitterten Blumentöpfen und Vasen ein alter Jeep.

Er gehört Dr. Terenischwili, dem ehemaligen Bezirksarzt von Feldbach, der jetzt mit seiner Frau in Deutschland lebt. Wieso er seine Tätigkeit aufgab und seinen wegen der seltenen Blumen und Sträucher, die er züchtete, früher einmal weithin bekannten Besitz zuerst als Espresso verpachtete und nun ganz verkommen läßt, weiß niemand.

Dr. Terenischwili widmete nämlich seine ganze Freizeit dem Garten. In seinen Glashäusern und Mistbeeten vollbrachte er botanische Wunder. Und fast jede Woche stand er einmal unruhig auf dem kleinen Bahnhof von Feldbach und wartete auf den Zug aus Graz, aus dessen Postwaggon dann seltene holländische Tulpenzwiebel, Strelizienstöcke aus Teneriffa oder irgendwelche Gewächse von den Südsee-Inseln für ihn ausgeladen wurden.

»Der wiad seine Tulpnzwifln no mit da Rettung hamfian«, sagte einmal ein Bauer schmunzelnd, als er den Doktor mit seinem alten Jeep vom Bahnhof zu seinem Haus, so schnell er konnte, fahren sah, damit alle die Setzlinge und Keime möglichst bald in die Umgebung kamen, in der sie gedeihen konnten.

Doch Dr. Terenischwili hatte noch ein anderes Hobby. Die Jagd. Und die pflegte er auf eigenwillige Art. Es genügte ihm und seiner Frau, die auch für seine botanischen Neigungen sehr viel Verständnis hatte, das Wild am frühen Morgen oder in der Abenddämmerung zu beobachten. Es zu töten, schien den beiden grausam.

Nur wenn im Herbst die vielen Vögel unterwegs waren, zurück in die Länder, wo Dr. Terenischwilis Blumen ohne Glashäuser und Mistbeete wild wuchsen und üppig blühten, da kam es vor, daß sie einige aus den dunklen Schwärmen schossen. Voll Mitleid beobachteten sie dann, wie die getroffenen Tiere nach wenigen unruhigen Flügelschlägen die Herrschaft über sich verloren und zwischen den seltenen Blumen und Sträuchern ihres Gartens dumpf aufschlugen. Manchmal kam es auch vor, daß das tote Tier in den Ästen einer Weide oder eines Obstbaumes hängenblieb und erst umständlich mit Stangen heruntergeklopft werden mußte. An solchen Tagen lehnten ihre Flinten stets im runden Türbogen oder an einer der hellgrünen Wände des Hauses.

Auch am 16. Oktober 1964 standen die Flinten griffbereit. Es war ein sehr warmer und friedlicher Herbstnachmittag. Nur von weitem hörte man ab und zu gedämpft die Salven vom Schußplatz der Kaserne. Herr Dr. Terenischwili freute sich über die Veilchen und Primeln, die neuerlich zu blühen begonnen hatten, und seine Frau grub Hyazinthenzwiebeln aus den Beeten. Dr. Terenischwili war eigentlich schon im Gehen. Die Witwe des einstigen Fahrdienstleiters vom Bahnhof Feldbach hatte starke Atembeschwerden. Ihr Kropf, den sie sich um keinen Preis operieren lassen wollte, machte ihr im Frühjahr und im Herbst immer besonders zu schaffen.

Gerade wollte sich Dr. Terenischwili in seinen Jeep setzen. Da flog ein großer Goldfasan über den Park. Unruhig flatterten seine Schwanzfedern im Wind. »Schnell, schnell, Marie!« rief er. Doch vergebens. Das Hyazinthenbeet war zu weit von der Hauswand, an der die Flinten lehnten, entfernt. Bevor sie noch Zeit hatten zu bedauern, daß ihnen der schöne Vogel entgangen war, hörten sie einen Hubschrauber. Mit großer Geschwindigkeit flog er über den Park. Offensichtlich verfolgte er den Fasan, dessen gelbe Federn man in der Herbstsonne gerade noch schimmern sah. Soldaten aus der Kaserne jagten auf ihre Weise.

Es fiel ein Schuß. Dr. Terenischwili und seine Frau warteten ab, ob der Fasan absacken würde. Er flog weiter.

Der Motor des Hubschraubers aber knallte und stotterte plötzlich. Wenige Augenblicke später stürzte er heulend ab. Mitten hinein in das Beet, an dem Frau Terenischwili zuvor gearbeitet hatte. »Leg dich nieder!« rief Dr. Terenischwili seiner Frau zu. Nach wenigen Augenblicken explodierte der Benzintank. Der Hubschrauber brannte aus. Seine beiden Insassen konnten sich nicht retten.

Als die Flammen etwas schwächer wurden und Dr. Terenischwili sich erheben wollte, durchdröhnte ein satter Akkord die ganze Landschaft, als stimmten Hunderte von Baßgeigen eine bestürzende Trauermusik an. Erschreckt von diesen Klängen schwirrten Krähen, Enten, Rebhühner und Fasane unruhig und ziellos unter dem blauen Herbsthimmel.

Nach und nach verebbte der Akkord. Dr. Terenischwili ging zum Wrack.

Der Anblick war wie erwartet: Trümmer und die verkohlten Leichen zweier junger Soldaten. Auch das Gewehr, mit dem sie auf den Fasan geschossen hatten, war noch zu erkennen. Auf dem glühenden Gestänge des abgestürzten Hubschraubers lagen mehrere Zweige eines blühenden Mandelbaumes. Wie sie dahin gekommen waren, konnte er sich nicht erklären. Er hob sie auf und gab sie in eine Bodenvase, die nahe der Haustüre stand.

Umleitung über Lemberg

Es war in Slowenien. Auf der Strecke zwischen Rohitsch-Sauerbrunn und Windisch-Feistritz. Oder Rogaška-Slatina und Slovenska-Bistrica, wie die beiden Orte jetzt heißen. Auf jener kurvenreichen, vor allem von leber- und gallenkranken Österreichern befahrenen schlechten, alten Straße, die durch mehrere meist endlos geschlossen bleibende Bahnschranken unterbrochen wird. Ich fahre diese Strecke sehr oft und kenne sie wirklich gut. Das sanfte Auf und Ab der Hügel, alle durch den Eigensinn der angrenzenden Bauern verursachten tückischen Windungen der Straße, die Bauernhäuser mit den vielen Kukuruzkolben unter den noch mit Stroh oder Schindeln gedeckten Dächern. Und die verwitterten Wegtafeln mit den ungenauen Kilometerangaben.

An einem klaren Dezembertag, kurz vor Weihnachten, war ich wieder unterwegs auf dieser Strecke. Ich staunte. Die Landschaft schien mir verändert. Ich kannte diese Gegend im Frühjahr, wenn die Wiesen gelb von Primeln waren, und auch später, wenn die Zwetschkenbäume ihre kleinen schneeweißen Blüten trugen; ein mühseliges Frühjahr für die Weinbauern, die auf den Hängen in ihren Weingärten gruben, und auch ein mühsamer Sommer mit wenig Regen, mit viel Jäten auf den Erdäpfel- und Rübenäckern. Auch den Herbst kannte ich dort mit den bunten Bäumen und den Weingärten, die von weitem aussehen wie eine stramm stehende Armee farbenfroh kostümierter Zwerge. Auch im Winter war ich diese Strecke schon gefahren. Die Straßen waren meist schlecht gestreut. Hasenspuren verloren sich im Schnee.

Doch diesmal lag noch kein Schnee. Zäune, Dächer, Leitungsdrähte, Bäume, Sträucher – alles war mit dickem Rauhreif überzogen. Daß Rauhreif die Welt so verändern könnte, hätte ich nie gedacht. Alles war gleich lebendig, und alles war gleich tot. Man hätte meinen können, die Masten der Leitungsdrähte und die Häuser wären genauso gewachsen und hätten dieselben Wurzeln unter der Erde wie die Bäume in den Feldern.

Die standen da in dichten Reifpelz gehüllt, so weiß und so üppig, als würden sie blühen. Und manche bei der herbstlichen Ernte vergessene Äpfel und manche Zwetschken, die noch an den Ästen hingen, sahen von der Ferne aus wie riesige, weiße Rosen oder Tulpen aus den Gärten einer fernen, unbekannten Welt. Und in manchem Baum, an dem ich vorbeifuhr, vermutete ich Daphne. Vielleicht hatte sie sich, ohne ihre Anmut zu verlieren, auf der Flucht vor Apoll verwandelt. Jenseits der Mühsal, jenseits aller Leidenschaft waren die vom Rauhreif überzogenen Formen. Wie Dante und Beatrice oder Tristan und Isolde, die sich zu ewigem, ungestörtem Glück gefunden hatten, erschien mir manches Baumpaar, das an mir vorüberzog, so eng, so innig, so rein waren die eisblühenden Zweige ineinander verschlungen. Und auch das Licht der weit im Süden stehenden Sonne blieb unwirklich und kühl, ließ den Formen ihre Schönheit, und wenn sich der Reif da und dort löste, so schwebte er sanft zu Boden oder blieb schon vorher auf einem anderen Ast, einem vergessenen Halm oder an einem Mauervorsprung hängen.

Die Harmonie dieses Tages war durch nichts getrübt. Das Warten an den geschlossenen Bahnschranken fiel mir diesmal leicht. Der Frachtzug war schon längst vorübergekeucht, als sie sich langsam wieder hoben. Nicht einmal, als die Straße plötzlich durch eine Sperre endete, war ich ungehalten. Auf einer großen Stange, die man auf zwei Pflöcken quer über die Straße gelegt hatte, hing eine Tafel mit einem Pfeil, der auf einen schmalen Weg wies.

Ich kannte diese Abzweigung. Gefahren war ich sie allerdings noch nie. Bald nach Rohitsch-Sauerbrunn, wo die Straße ansteigt, ist rechter Hand an einem Masten eine kleine Holztafel angebracht, auf der in schwarzer Schrift »Lemberg« steht.

Warum sollte ich nicht einmal über Lemberg fahren? Ich bog in den schmalen, von Karren- und Traktorrädern zerfurchten Weg ein. Die Fahrt war wenig angenehm. Ich mußte achtgeben, nicht in die Wegfurchen zu geraten. Meine Ölwanne, mein Benzintank und mein Auspuff waren in Gefahr.

Ich fuhr sehr langsam, da ich fürchtete, einem Auto zu begegnen. An ein Ausweichen war auf diesem schmalen Weg nicht zu denken.

Rauhreif bedeckte auch hier die Landschaft, und das abgeklärte Licht der Sonne gab ihm manchmal eine bläuliche Färbung. Dann und wann stieß eine Amsel oder eine Elster, die über die Felder flatterte, große weiße Flocken von den Sträuchern, die den schmalen Weg säumten, und sie fielen sanft gegen meine Windschutzscheibe, blieben eine Zeitlang daran hängen, bis sie abrutschten.

Plötzlich fuhr ich im Schatten. Um mich herum aber lag alles im Sonnenlicht. Und noch bevor ich Zeit hatte zu schauen, woher der

Schatten kommen könnte, überholte mich mit großer Geschwindigkeit ein schwerer Transportwagen.

Ich konnte mir nicht erklären, wie dies möglich war. Der Weg war so schmal, daß ich ihn kaum allein passieren konnte; wie war es möglich, daß dieser schwarze Wagen mir vorfuhr, ohne mich zu rammen, ohne an den Bäumen und Sträuchern am Wegrand anzustreifen? Ich war sehr erschrocken, bremste und hielt an. Ich erschrak noch mehr: auch der schwere Wagen vor mir blieb stehen. Nach einer Weile fuhr ich weiter, da setzte sich dieser auch wieder in Bewegung. Ich hoffte, er würde nun ebenso schnell wieder verschwinden, wie er mich überholt hatte, da ich den Gestank vor mir herfahrender Lastautos nicht vertrage.

Der schwere Wagen aber schien auf mich zu warten. Fuhr ich schneller, wurde auch er schneller, wurde ich langsamer, verringerte auch er seine Geschwindigkeit. Er fuhr gerade so, daß ich knapp hinter ihm herfahren mußte. Ich konnte nicht mehr sehen, wohin mein Weg führte. Ich sah vor mir nur die schwarze Rückseite des hohen, verschlossenen Lastwagens.

Ich war über die Rücksichtslosigkeit dieses Fahrers ungehalten und versuchte, seine Visage aus dem Rückspiegel des Lastwagens zu entnehmen. Doch der war von dichtem Rauhreif überzogen. Also konnte der Fahrer mich auch nicht sehen. Wie hatte er dann bemerken können, daß ich stehenblieb? Wie konnte er sehen, daß ich die Geschwindigkeit änderte?

Ich bekam Angst. Besonders, als ich merkte, daß der Wagen keinen Auspuff hatte, keine Abgase verursachte, sondern völlig lautlos vor mir herfuhr. War es vielleicht ein batteriegetriebener Laster? Dazu war er wieder zu groß. Er fuhr auch zu schnell.

Ich hielt nochmals an. Und wieder blieb auch er stehen. Ich stieg aus und ging vor, um dem Lenker zu sagen, er solle diese dummen Witze lassen und so schnell, wie er mich überholt hatte, auch weiterfahren. Als ich zur Fahrerkabine des Wagens kam, stellte ich zu meiner Verwunderung fest, daß kein Chauffeur darinnen saß. Unter Aufbietung meiner ganzen Courage stieg ich auf das Trittbrett. Aber niemand war im Wagen. Auch nicht die Spur eines Menschen. Kein Rock, keine Flasche, kein Handschuh. Nur ein unbesetztes Volant. Ich ging vor das Auto. Auch dort entdeckte ich niemanden. Das einzige, was man auf beiden Türen zur Führerkabine in geschwungenen Buchstaben sehen konnte, war die Aufschrift »Mirogoj«.

Ich ging zurück zu meinem Wagen. Sobald ich den Gang einlegte, setzte sich auch das Fahrzeug vor mir wieder in Bewegung. So fuhren wir eine Zeitlang hintereinander her. Nach und nach resignierte ich. Der Rauhreif auf den Bäumen wurde allmählich schwächer. Schließlich sah ich eine zerbeulte blecherne Ortstafel. Lemberg.

Nun also konnte es doch nicht mehr sehr weit sein bis zur Hauptstraße, hoffte ich. Doch da hielt der Wagen vor mir plötzlich an. Ich befand mich auf einem geräumigen Parkplatz. Ich sah viele Fahrzeuge aller Nationen und Typen.

Ich suchte nach der Ausfahrt aus diesem Automeer, aber ich konnte sie nicht finden. Sollte ich denselben Weg wieder zurückfahren? Ich suchte nach den Besitzern der Autos. Doch kein Mensch war zu sehen. Ich stieg aus.

Eine Zeitlang irrte ich ratlos von einem Wagen zum anderen. Wie durch viele Lautsprecher verstärkt, hörte ich eine Stimme. Sie rief: »Mirogoj«. Dasselbe Wort, das ich auch an den beiden Türen des führerlosen Lastwagens gelesen hatte.

Ich schaute in die Richtung, aus der die Stimme kam, und entdeckte einen schmalen Fußweg, der vom Parkplatz weiterführte. Die Landschaft wirkte hier überhaupt nicht winterlich. Offensichtlich war dieses Lemberg, von dem ich außer dem Parkplatz zwar noch nichts gesehen hatte, klimatisch sehr günstig gelegen. Auf den riesigen Birken, die den Platz umstanden, waren noch Blätter. Und auch die Sträucher, die den kaum einen halben Meter breiten Pfad, den ich eben gesehen hatte, säumten und überdachten, trugen Laub und kleine schwarze Beeren, ähnlich dem Liguster. Die Furcht und die Unruhe, die ich während der Fahrt verspürt hatte, waren hier auf dem Parkplatz von mir gewichen. Ich beschloß, diese schmale, dunkle Strauchschlucht zu durchschreiten.

Ich bereute meinen Entschluß schon nach den ersten Schritten. Äste, die gespickt waren mit kleinen, silbrig glänzenden Dornen, schnellten gegen mich. Bald stachen mich diese Nadeln im Gesicht, bald an den Armen, bald an den Beinen. Und als ich die Sträucher näher betrachtete, sah ich dahinter zwei abgezehrte, schmächtige Frauen in dunklen Kleidern. Sie liefen von Strauch zu Strauch und spickten die Zweige mit neuen Dornen, die sie kleinen Schachteln entnahmen. Dann hängten sie sich mit ihrer ganzen schmächtigen Last an die Zweige und ließen sie in dem Augenblick, in dem ich vorbeiging, mit schrillem Kichern gegen mich schnellen.

Hinter mir hörte ich Schmerzensschreie. Als ich mich umschaute, sah ich mehrere Gestalten, die gleich mir von den unglaublich behende hin und her laufenden schwarzen Strauchweibern mit Stachelzweigen traktiert wurden. Je weiter ich voranging, desto schwächer fühlte ich die auf mich einhackenden Zweige. Endlich kam ich zum Ende dieses merkwürdigen Heckenweges. Vor mir lag Lemberg. Auch hier war von winterlicher Kälte nichts zu spüren. Lemberg bestand aus ganz wenigen, eng an mehrere Berghänge gebauten Landhäusern. In den Fenstern der Veranden spiegelte sich sehr stark die Sonne. Ich mußte die Augen ganz eng zusammenkneifen, um nicht geblendet zu werden. Meine Sonnenbrille hatte ich im Wagen gelassen.

Die Sonne selbst war durch einen der vier hoch aufsteigenden Berge verdeckt. Diese vier Berge waren nicht bewaldet, auch keine Wiesen gab es an ihren Hängen; der blauschwarze Stein war von senkrechten, parallel verlaufenden Furchen durchzogen. Diese ungefähr einen Meter breiten Furchen gaben den Bergen das Aussehen riesiger blauer Kakteen. Auf wenigen Vorsprüngen bemerkte ich kleine Weingärten, zu denen aber kein Weg führte.

Auch die Häuser, die über tiefen Schluchten lagen, waren untereinander nicht mit Wegen verbunden.

Es reizte mich eigentlich wenig, den einzigen Weg, einen schmalen, in schwindelerregender Höhe zu einem Haus führenden Saumpfad, zu gehen. Da es aber die einzige Möglichkeit war, weiterzukommen, und mir eine nochmalige Passage des Heckenweges wegen der beiden Frauen, von denen ich auf einmal wußte, daß sie Schwestern waren, wenig einladend schien, entschloß ich mich doch, diesen Weg einzuschlagen.

Kaum hatte ich ihn betreten, hörte ich wieder, diesmal aus der Richtung des Hauses kommend, auf das ich zuging, mit starker Stimme das Wort »Mirogoj« rufen. Obwohl ich mit dem Weg genug beschäftigt war und achtgeben mußte, nicht in die steil abfallende Kluft, die sich rechts von mir auftat, hinunterzufallen, verstand ich plötzlich das Wort »Mirogoj«. Es heißt Friedensgegend. Wie ich inzwischen erfahren habe, heißt der Berg über Agram, auf dem sich der große Friedhof befindet, auch so.

Endlich war ich beim Haus. Ein Landhaus mit Flachdach. Die Tür stand offen. Ich trat in die Diele. Ich erinnere mich nicht mehr an deren Einrichtung. Nur an den Spiegel neben der Kleiderablage. Ein Zerrspiegel, der die Augen merkwürdig vergrößerte und durch bestimmte optische Effekte das Gesicht faltenlos machte. Der Mund erschien sehr klein und zusammengequetscht. Ich veränderte die Position meines Gesichtes. Doch der Ausdruck blieb derselbe.

Ich verweilte ziemlich lange vor dem Spiegel. Als ich zurücktrat, sah ich zu meinem Schrecken, daß eine hohe terrakottafarbene Bodenvase, die dem Spiegel gegenüber stand, in diesem aussah wie in Wirklichkeit. Ich griff zu meinem Mund und fühlte, daß er tatsächlich so klein und spitz geworden war, wie der Spiegel ihn zeigte.

Mein Schrecken wich bald wieder der gleichgültigen Neugier, mit der ich alles um mich beobachtete. Auch der harte Schlag, mit dem die schwere Haustür zufiel, beunruhigte mich nicht mehr. Ich versuchte gar nicht, sie wieder zu öffnen. Ich wußte, daß ich den Weg, den ich gekommen war, nicht mehr zurückgehen konnte.

Also ging ich weiter. Bald stand ich auf der großen, weit über die tief abfallende Schlucht hinausragenden Terrasse des Hauses. Ich sah die Weingärten, in denen große Trauben an den Reben hingen, und ich sah die seltsamen Furchen in den Bergen. Da trat plötzlich ein Mann auf mich zu. Ich würde ihn heute nicht mehr erkennen. Sehr höflich gab er mir zu verstehen, daß ich meine Kleider ablegen solle. Es war sehr warm hier in Lemberg. Ich schwitzte in meinem pelzgefütterten Wintermantel.

Der unbekannte Herr nahm mir den Mantel ab und gab mir als Ersatz einen wetterfleckähnlichen grauen Umhang, dessen Ränder dunkelgrün besetzt waren. Zwei schösselartige Stofflatze hingen mir von den Ärmelöffnungen über die Brust, als hätte ich einen altmodischen Schwalbenschwanz verkehrt angezogen. Obwohl mir dieses neue Kleidungsstück höchst ungewohnt war, fühlte ich mich ganz wohl darin. Es paßte mir auch. Gerne hätte ich mich in einem Spiegel betrachtet. Doch ich wollte nicht mehr zurückgehen in die Diele. Irgend etwas hielt mich davon ab.

Der freundliche Garderobier verneigte sich leicht und machte eine höflich einladende Geste, als würde er mich auffordern, als erster durch eine Tür zu gehen. Es gab aber keine Tür. Verstand ich die Geste des Mannes recht, so sollte ich vom Rand der Terrasse in die Schlucht springen.

Begreiflicherweise sträubte ich mich. Der neben mir wiederholte seine stumme Aufforderung. Die Terrasse hatte kein Geländer. In unmittelbarer Nähe sah ich ein anderes Haus. Auf dessen Terrasse drängten sich Leute, ähnlich gekleidet wie ich. Zögernd standen sie am Rand der Terrasse. Dann sprangen sie. Ich schaute ihnen nach. Die meisten von ihnen stürzten nicht ab, sondern schwebten sanft zu grottenähnlichen Öffnungen in den Bergen.

Manche fielen in die Tiefe. Sie blieben aber unverletzt. Mühsam kletterten sie in den Furchen entlang der Bergrücken nach oben. Ich sah eine Gestalt von einem Weingarten zum anderen schweben.

Mein Betreuer ließ nicht ab, mich zum Sprung aufzufordern. Sein Ansinnen schien mir nun nicht mehr so abwegig. Ich fühlte in mir die Kraft zum Sprung. Ich konzentrierte mich auf eine Öffnung im blau schimmernden Berg gegenüber. Ich sprang. Ich fühlte, daß ich mit unbeirrbarer Sicherheit jener Grotte zuschwebte, in die ich gelangen wollte. Ich spürte auch, daß ich noch im Flug meine Richtung hätte ändern können, hin zu einem Weingarten oder zu einer anderen Grotte. Nur zu den Häusern, da wollte ich sicher nicht mehr hin, wenn ich auch wußte, daß ich mich immer weiter vom Parkplatz entfernte und es gar nicht mehr so gewiß war, ob ich meinen Wagen noch einmal finden würde.

Am Eingang der Grotte hörte ich wieder, jetzt schon zum drittenmal, eine Stimme »Mirogoj« rufen. Von den Wänden im Inneren des blauen Berges antwortete ein vielfaches Echo. Ich betrat die Grotte. Als sich meine Augen an das gedämpfte Licht gewöhnt hatten, sah ich, daß ich mich in einem großen Saal befand. Ich war nicht allein. Ich bemerkte mehrere Gestalten. Sie kümmerten sich nicht um mich. Meist bewegten sie sich mit angstvollen Gebärden vor großen Spiegeln und griffen sich ins Gesicht. Auch ich trat vor einen solchen Spiegel und sah zu meinem Erstaunen, daß mein Mund noch kleiner geworden war. Auch an meiner Nase schien sich ein Schrumpfungsprozeß anzubahnen. Mich beunruhigte diese Veränderung meiner Gesichtszüge nicht.

Ich sah mich um im Saal. Außer den Spiegeln und den Gestalten davor konnte ich nichts entdecken. Ich ging weiter, zum hohen offenen Portal, das in einen zweiten, noch größeren Saal führte. Beim Eingang sah ich einige Gestalten beisammenstehen und bemerkte, daß sich in deren Gesichtern ähnliche Veränderungen zeigten wie in dem meinen. Auch war es mir unmöglich zu erkennen, welche der Gestalten ein Mann und welche eine Frau war. Der Gesichtsausdruck war fast bei allen ähnlich, und die merkwürdigen Kleidungsstücke ließen keinerlei diesbezügliche Unterscheidungen zu. Auch in diesem zweiten Saal waren die Wände mit Spiegeln verkleidet. Mein Mund und meine Nase waren nur noch andeutungsweise zu erkennen, und es wäre mir sicher sehr schwergefallen, zu sprechen. Dennoch hätte ich mich verständigen können. Wenn ich auch nicht wußte, wie.

Ich ging in den nächsten Saal. Wieder gedämpftes bläuliches Licht, wieder Spiegel an den Wänden. Jetzt blickten mir aus den Spiegeln nur noch meine Augen entgegen. Ich sah, daß mehrere den Saal wieder verließen. Obwohl die Tür nur sehr schmal war, konnten viele schnell und ohne Mühe gleichzeitig durch.

Ich kam vor eine verschlossene Tür. Ich war gewiß, daß dahinter der letzte Saal der Grotte lag und daß ich bald ins Freie gelangen würde. Die Tür hatte keine Schnalle und kein Schloß. Ich erinnerte mich an meinen Sprung von der Terrasse des Landhauses. Und schneller als ich denken konnte, gelangte ich ins Freie. Das Tal, in dem ich mich befand, lag hinter Lemberg und hieß »Tal der erfüllten Wünsche«. Ich wußte es, ohne daß es mir jemand gesagt hatte.

Diese Gegend verwirrt jeden, der sie zum erstenmal betritt. Prächtige Paläste stehen in Gärten voll nie verwelkender Bäume mit großen, weißen Blüten an den Ästen. Und an derselben Stelle, wo die Paläste stehen, erheben sich auch Berge. Durch die Fenster der Paläste und durch die Gärten tosen Wildbäche, ohne deren Bewohner zu stören, ohne die Bäume und Blumen zu vernichten. In Sekundenschnelle wechseln die Bilder. Dort, wo die Paläste standen, dehnen sich friedliche Felder, auf denen üppiges Getreide wogt, das sich wieder, bevor sich noch ein Schnitter dieser Ernte erfreuen könnte, in dürre Wüsten oder spiegelglatte Bergseen verwandeln kann. Anfangs konnte ich mir dieses Nebeneinander nicht erklären. Wie konnten ein Gebirge und ein Palast an derselben Stelle Platz haben?

Seit längerem erschrak ich wieder. Ein Fasan kam stolz auf mich zu. Kam näher. Ich wollte ihm ausweichen, doch da war er schon durch mich durchgegangen. Jetzt erkannte ich, daß in diesen Gegenden die Gesetze der Physik nicht mehr galten. Ich erkannte auch, daß hier der Ort war, an dem alle Wünsche in Erfüllung gehen.

Einer neben mir erfreute sich an riesigen goldenen Bergen, die er, beseligt vor sich hinblickend, höher und höher werden ließ. Ein anderer wieder stand umschlungen mit einer anderen Gestalt in seligster Verzückung.

Ich verließ das Tal der erfüllten Wünsche. Mich interessierte die weite Ebene, aus der schon seit längerem hin und wieder leise Musik herübertönte.

Es war keine Musik von Instrumenten gespielt, auch keine von Stimmen gesungen. Je näher ich an dieses ebene Feld kam, desto deutlicher wurde sie. Jetzt erst war ich in Mirogoj. Auf dem Feld des Friedens. Wo kein Wunsch, keine Sehnsucht, keine Leidenschaft mehr die Ruhe stört, wo sich nichts mehr bewegt, wo es nur das stille Innehalten in ewiger Zufriedenheit gibt. Versöhnt träumen Daphne und Apoll. Hier stört kein Marke mehr Isoldes Glück mit Tristan. Voll Frieden stehen sie und lauschen den Klängen der Äolsharfen, deren Saiten kein Sturm mehr zerreißen wird.

Die Musik wurde lauter und lauter. So laut, bis ich den höheren Gang einlegte, da ich wieder auf die Hauptstraße gelangt war und schneller fahren konnte. Ich hatte auch wieder Zeit, mich an der reifbedeckten Landschaft im kühlen Wintersonnenglanz zu erfreuen. Und als ich nach Marburg kam und an der großen Kreuzung auf die Uhr der Franziskanerkirche schaute, war ich sehr erstaunt, daß ich mich trotz dieser Umleitung über Lemberg nicht verspätet hatte.

Mondnacht

Beim Baum mit den drei Wegweisertafeln zweigte er von der gut asphaltierten Landstraße ab und fuhr dem Mond nach, der schon hoch über dem Bergwald stand und dessen Licht alles ungewöhnlich hell beleuchtete: die Weiden mit den alten Holzzäunen, den Stolleneingang des alten Silberbergwerkes, die kümmerlichen Obstbäume am Waldrand mit ihren vom Wild zernagten, verkrüppelten Stämmen. Schon von weitem sah er die roten Wegmarkierungen, noch bevor sie die Scheinwerfer seines Wagens erfaßt hatten.

Auch seine Begleiterin war im Licht des Mondes gut zu sehen. Er schaute kurz und unauffällig zu ihr hinüber. Er erwartete die in solchen Situationen übliche Frage: »Wo fahren wir jetzt hin?« Doch sie schwieg. Aufrecht saß sie neben ihm und hielt ihre Handtasche ungewöhnlich sorgsam auf ihrem Schoß. Nach einer Weile, als er, weil der Weg steil wurde, auf den zweiten Gang zurückschaltete, löste sie ihre linke Hand von der Tasche und legte sie auf die seine. War sie vertraut mit dem Ritual kurzer Urlaubsamouren? Dem widersprach die klettenhafte Ungelenkigkeit, mit der ihre übergroße Hand auf der seinen kleben blieb, als er sie vom Schalthebel wegzog. Ihre Zärtlichkeiten, die Art, wie sie ihm später, während er wortlos den immer steiler werdenden Waldweg hinauffuhr, durch die Haare strich, hatten etwas Korrektes und verrieten eher Unerfahrenheit, wenn nicht gar Mangel an Talent. Er erwiderte diese Beweise ihrer Zuneigung kaum. Die Wurzeln, die hölzernen Wasserrinnen und die Steine, die aus dem Weg herausstanden, beanspruchten seine ganze Aufmerksamkeit. Er kannte den Weg nicht und beschloß, der roten Markierung nachzufahren. Sie führte zum Stolleneingang des aufgelassenen Silberbergwerkes. Auf einer der drei Wegweisertafeln am Baum, bei dem er abgezweigt war, hatte er im Licht des Scheinwerfers neben der roten Markierung »bequemer Fußweg« gelesen.

Er kannte sie kaum. Als er sie mittags vor der diensthabenden Apotheke stehen sah, war sie ihm beinahe unsympathisch. Das Gespräch zwischen ihnen hatte sich durch Zufall ergeben. Er hatte ihre Tasche, die auf dem Gehsteig stand, mit dem Fuß umgestoßen. Höflich hatte er sich entschuldigt. Ihre Stimme klang, als sie ihm antwortete, hart. Die Worte kamen langsam und in großen

Abständen. Wie Steine, die man aus einem Berg schlägt. Sie wirkte derb. Ihr langes, weißblondes Haar mußte sie in stundenlanger Arbeit mit einem Arsenal von Spangen und Nadeln zu jenem merkwürdigen Aufbau montiert haben, der ihre Silhouette nun im Mondlicht fast zerbrechlich erscheinen ließ. »Bosse«, »Boser« oder so ähnlich hieß sie. Er hatte ihren Namen nicht verstanden. Sie lebte in Deutschland und war auf Urlaub da. Als sie sich verabschieden wollte, hatte er ihr angeboten, sie in ihre Pension zu bringen.

In den zwanzig Minuten, die sie zusammen im Auto fuhren, war ein stockendes Gespräch in Gang gekommen. Es war wie ein holpriger Hohlweg ohne Abzweigungen. Es hatte mit der Frage geendet, ob sie nicht Lust hätte, mit ihm zu nachtmahlen.

Sie hatte Lust. Sie bat ihn, nur eine halbe Stunde zu warten, bis sie ihre achtjährige Tochter ins Bett gebracht hatte. Pünktlich nach einer halben Stunde war sie da. Sie hatte sich etwas zurechtgemacht. Die schwarzen Striche, mit denen sie ihre schweren Augenlider etwas zu verkleinern trachtete, waren frisch gezogen, das Rot ihrer Lippen war erneuert. Sie war munter und aufgeräumt, die hoheitsvolle Zurückhaltung von nachmittags war fast ganz von ihr gewichen, sie hatte ihm sogar freimütig gestanden, daß sie sich auf den Abend sehr freute.

Beim Nachtmahl gingen sie dazu über, sich beim Vornamen anzusprechen – sie hieß Martha; und obwohl er anfangs peinlich darauf achtete, nicht einmal durch Zufall mit seinen Füßen die ihren zu berühren, passierte es ihm mehrmals doch. Sie war nahe an ihn herangerückt. Und als das Gespräch durch den Wein, von dem sie beide eigentlich recht viel getrunken hatten, angeregter und herzlicher wurde und er mehr unbewußt als mit Absicht kurz nach ihrer großen Hand griff, hatte sie ihr Knie sehr bestimmt gegen das seine gepreßt.

Ebenso bestimmt wie ihre große linke Hand nun während der Fahrt ähnlich einer Kopfstütze sein Genick umfaßt hielt. Der Weg wurde schmal und holprig. Schon fürchtete er, ihn später im Retourgang hinunterfahren zu müssen, denn an ein Umkehren war nicht zu denken. Endlich wichen die Bäume, die den rot markierten Hohlweg zum aufgelassenen Bergwerk säumten, etwas zurück und gaben eine kleine mondbeschienene Lichtung frei.

Er fuhr zur Seite. Als er die hohen Waldgräser und Brennesseln niederführte, hatte er Angst, er könnte trotz des Mondlichtes und trotz aufgeblendeter Scheinwerfer eine verdeckte Mulde übersehen, und der Wagen könnte festsitzen. Die ganze Nacht hindurch. Hier würde er nicht so bald jemanden finden, der ihm helfen könnte.

Dann blieb er stehen. Bevor er die Lichter ausschaltete, stellte er beruhigt fest, daß er leicht wenden konnte.

Merkwürdig. Er hatte das Gefühl, als wäre ihr sein Anhalten nicht recht. Sie legte ihre linke Hand, mit der sie seinen Nacken umfaßt und von Zeit zu Zeit linkisch seine Haare in Unordnung gebracht hatte, auf ihre Handtasche, die sie noch immer auf dem Schoß hielt. Ernst, fast unnahbar schaute sie zu ihm herüber mit ihren grauen Augen, die im Licht des Mondes, der langsam durch die Wipfel der dunklen Bäume glitt, ihre Farbe verloren hatten.

Hatte sie Angst? Er hatte angenommen, daß sie solchen Situationen gewachsen war. Sie war sechsunddreißig und lebte seit sieben Jahren allein. Ihr Mann kam bei einem Verkehrsunfall ums Leben. Beim Nachtmahl hatte sie ihm alles erzählt.

Er zog sie an sich. Behindert durch das Lenkrad und den Schalthebel, versuchte er, sie zu küssen. Sie wehrte ihn nicht ab. Doch sie behielt ihre korrekte Haltung bei, preßte ihre Handtasche nach wie vor auf ihren Schoß und neigte sich, während er sie umarmte, nur sehr störrisch ein wenig seiner Seite zu. Sobald er von ihr abließ, nahm sie sogleich wieder ihre statuenähnliche Stellung ein.

Sie schaltete das Radio ein und suchte Tanzmusik.

»Magst du gerne Musik?« fragte sie.

»Ja schon, aber alles zu seiner Zeit, und jetzt möchte ich eigentlich nicht tanzen«, sagte er freundlich. Er registrierte zufrieden, daß sie nach diesem mißglückten ersten Kuß immerhin du zu ihm sagte.

»Ich muß immer Musik hören. Bei Tag und auch in der Nacht. Ich brauche das. Es muß auch nicht Musik sein. Irgend etwas. Irgendein Lärm. Ich vertrage die Stille nicht.«

»Soll ich dir was vorsingen? ›Guter Mond, du gehst so stille‹ vielleicht?«, und er zeigte auf den Mond, den die Äste einer Buche in kleine Stücke zerteilten. Dann faßte er sie an ihren großen Händen und versuchte, sie an sich zu ziehen. Doch sie ließ ihre Tasche nicht aus und tat so, als würde sie nicht verstehen, was er wollte. Also ließ er von ihren Händen ab und versuchte sie, sehr zärtlich und mit viel Takt, an den Schultern zu fassen und wieder zu küssen. Ihr Widerstand aber blieb gleich bestimmt. Sie stieß ihn zwar nicht zurück, doch sie kam ihm auch nicht entgegen.

Er überlegte. Einen Augenblick lang spielte er mit dem Gedanken, sie sofort zurück in die Pension zu ihrer Tochter zu bringen. Es wäre ihm nicht schwergefallen. Eigentlich lag ihm recht wenig an dieser Romanze.

Dann entschied er sich anders. Er fragte sie, ob ihr seine Zärtlichkeiten lästig seien.

Fast erschreckt antwortete sie: »Nein, nein, wirklich nicht. Du darfst mich nur nicht zu fest angreifen. Mein Rücken ist nämlich ganz zerhackt.«

Er lachte. »Dein Rücken ist zerhackt? Ich merke nichts.« Und er fuhr ganz zart ihre Wirbelsäule entlang.

»Ja hier. Spürst du? Hier habe ich einen gebrochenen Wirbel. Und weiter oben im Genick noch einen. Wenn ich lange sitze, brauche ich eine Kopfstütze, weil ich Schmerzen bekomme.« Er legte seine Hand auf ihren von Spangen und Haarnadeln gespickten Nacken und fragte sie, ob sie bei dem Verkehrsunfall, durch den sie ihren Mann verlor, auch verletzt worden sei.

»Nein, das war kein Unfall. Das habe ich schon sehr lange. Aber lassen wir das. Solche Sachen sind den Männern langweilig.« Er wußte, daß das Anhören ihrer Leiden mithin unumgänglich war. So sprechen Frauen, die erzählen wollen. Freundlich forderte er sie dazu auf.

Und sie erzählte. Nach Kriegsende waren die Russen in ihre Stadt gekommen. Und ihre Eltern hatten sie zur Vorsicht in Bubenkleider gesteckt. Sie war damals zwölf Jahre alt. Die Russen hätten ein paar Nazis verhaften sollen. Doch sie vergaßen darauf. Sie hatten ein Spirituosendepot der Wehrmacht gefunden und waren ständig besoffen. Die Nazis hatten Zeit, sich in Sicherheit zu bringen. Die Kommandantur fragte vergeblich nach ihnen. Schließlich fuhren die Russen grölend durch die engen Straßen der kleinen Stadt und verhafteten unschuldige Passanten. Auch sie.

»›Du Faschist! Du Faschist!‹ haben sie gerufen. So bin ich mit zwölf Jahren nach Sibirien gekommen.«

Während sie erzählte, bekam ihre Stimme wieder den hoheitsvollen Ausdruck, den er schon am Nachmittag festgestellt hatte. Die Art, wie sie sprach, ließ erkennen, daß sie ihre Geschichte oft und gerne zum besten gab.

In einem Bergwerk hatte sie das Erz in die kleinen Waggons schaufeln müssen. »Deswegen habe ich auch so große Hände. Und als ich einmal nicht mehr weiter konnte, hat mir ein Aufseher mit der Schaufel zweimal in den Rücken geschlagen.« Zum Glück, wie sich herausstellte. Sie mußte ins Lazarett. Dort entdeckte man, daß sie ein Mädchen war. Eine Ärztin hatte dann veranlaßt, daß sie durch das Rote Kreuz zurück nach Deutschland gebracht wurde.

»Seither bin ich ein Wrack. Nicht nur wegen meiner Wirbelsäule. Von der schweren Arbeit habe ich auch einen Herzfehler bekommen. Eine Herzkammer arbeitet nicht, hat der Arzt festgestellt. Und ich muß immer diese blöden Tabletten nehmen.« Als sie das sagte, hob sie einen Moment lang ihre Handtasche hoch, so daß sie im schwachen Licht des eingeschalteten Radios kurz aufglänzte. Sie entnahm ihr eine kleine Schachtel, aus der sie zwei Dragées in ihre Hand schüttete.

»Ist dir nicht gut?« fragte er. Er wollte ihr durch ihr weißblondes Haar streichen, aber er hatte Angst, er könnte ihre komplizierte Frisur zerstören.

»Mach dir keine Sorgen! Es geht mir gut. Wirklich. Aber ich nehme sie nur zur Vorsicht.« Ihre Stimme und die Art, wie sie sprach, waren jetzt wieder natürlich, weniger geschraubt. »Ich nehme die Tabletten nur, wenn ich unruhig bin. Da kann es nämlich vorkommen, daß mir schlecht wird. Und neben dir bin ich unruhig. Angenehm unruhig.« Sie lachte. »Bist du jetzt ernüchtert, weil ich dir das alles erzählt habe? Kümmere dich nicht darum. Ich möchte, daß du glücklich bist neben mir.« Und jetzt war sie es, die ihn auf ihre sehr bestimmte, etwas linkische Weise an sich zog und küßte.

Ihre Küsse und alle folgenden Zärtlichkeiten, in die sie später ausbrach und zu denen sie ihn, wie er es von ihr eigentlich nie erwartet hätte, ohne viel Zögern anleitete, waren von der schmerzhaften Leidenschaft, die er an Frauen, die lange ohne Mann lebten, schon kennengelernt hatte.

Er war stolz. Besonders, als er fühlte, wie ihre Hände aufhörten, zärtlich zu sein und merkwürdig stockend über seine Arme glitten, bis sie sich an ihm festklammerten. Sie atmete schwer, durch ihren Körper ging ein krampfartiges Zittern.

Langsam löste sich ihre Erstarrung, und der Klammergriff ihrer Hände wurde sanfter. Sie war sehr schwer geworden. Er wartete. Das Radio spielte und leuchtete auf die Handtasche. Sie hatte sie, ohne daß er es gemerkt hatte, in ihrer Ordnungsliebe auf den Riegel des Klappfensters an der Tür gehängt.

Sie reagierte nicht mehr auf seine Liebkosungen. Er sprach zu ihr. Er rief sie bei ihrem Namen. Sie antwortete nicht. Er bekam Angst.

Er griff unauffällig nach ihrem Puls. Er tarnte es als Zärtlichkeit. Der Puls ging schwach und unregelmäßig. Sie war ohnmächtig. Offenbar hatte er sie zu sehr beunruhigt. Und in diesem Wald war niemand zu finden, der ihm helfen konnte.

Er hielt seine Armbanduhr gegen das Radio. Es ging auf zwei Uhr früh. Schwer wie ein Stein lag sie auf seinem Schoß.

Vorsichtig öffnete er die Wagentür und drehte fast erschrocken die Innenbeleuchtung ab, die sich automatisch eingeschaltet hatte. Auch das Radio stellte er ab. Dann zog er seine Schenkel unter ihren Schultern weg und stieg aus. Draußen war es inzwischen sehr dunkel geworden. Der Mond war schon hinter dem Rücken des Berges. Er ging um den Wagen herum und öffnete auf ihrer Seite die Tür. Dabei fiel die Handtasche, die am Riegel des Klappfensters hing, in das hohe Gras. Mit großer Anstrengung zerrte er sie an den Beinen aus dem Wagen, bis er sie unter den Achseln fassen und herausheben konnte. Trotz aller Vorsicht konnte er nicht vermeiden, daß ihre Wirbelsäule zweimal heftig gegen das Trittbrett schlug. Wenn sie bei Bewußtsein gewesen wäre, hätte sie der Rücken sehr geschmerzt. Er legte sie in das hohe Waldgras. Er achtete darauf, daß sie nicht auf die Brennesseln zu liegen kam.

Beim Wenden, als er wieder Angst hatte, in eine verdeckte Mulde zu geraten, fühlte er unter dem rechten Vorderrad einen Widerstand, der knirschend nachgab.

Schon fuhr er wieder den steinigen, schmalen Weg hinunter, da fiel ihm ein, daß es die Handtasche gewesen sein könnte, über die er gefahren war. Er mußte seine ganze Aufmerksamkeit dem Weg zuwenden; er sah längere Zeit keine Markierung, und er hatte schon Angst, sich bei einer der weiter unten beginnenden Abzweigungen verfahren zu haben.

Erst als er aus dem Wald kam und die Schemen der verkrüppelten Obstbäume sah, wußte er, daß es nicht mehr weit war bis zum Baum mit den drei Wegweisertafeln, wo die gut asphaltierte Landstraße begann. Der Mond schien nicht mehr auf den Bergwald. Es war sehr dunkel. Der Stolleneingang zum aufgelassenen Silberbergwerk zum Beispiel war nun überhaupt nicht mehr zu sehen.

Ebbe und Flut

Die blanken Steinklippen in der Bucht hatten schmierigbraune Ränder. Im grellen Licht des montenegrinischen Augustmorgens waren diese Ränder auch von weitem gut sichtbar. Es war Ebbe. Ich stand am Balkon des Schlosses, das sich der einstige König dieses Landes auf einem steilen Felsen hoch über dem Meer erbauen ließ und das man später, nicht ganz so komfortabel, wie im Reiseprospekt geschildert, zu einem Hotel umgebaut hatte.

Weiter im Norden, auf einem zweiten Berg am anderen Ende der weiten Bucht, leuchtete die alte Festung. Ein viele Jahrhunderte altes Kastell, dessen dicke Mauern von weitem noch ganz unversehrt wirken. Nur dem Minarett, das sich über die Dächer der Festung erhob, fehlte die Spitze. Es glich einem verstümmelten Finger und ragte über die Burg und über die Altstadt. Im Lauf der Jahrhunderte war die Altstadt immer größer geworden, bis sie den ganzen Berg und die Bucht bedeckte, so daß die alte Festung und das Königsschloß durch Straßen und schmale Wege verbunden waren. Die Bevölkerung dieser Stadt ist eine reizvolle Mischung aus allen südeuropäischen Seefahrernationen. Sogar Neger findet man, die einst von den Türken als Sklaven mitgebracht wurden und seit Generationen in dieser Stadt leben.

Auch der einzige Uhrmacher dieser Stadt hat dunkle Hautfarbe. Friedlich sah ich ihn mehrmals vor seinem Geschäft sitzen. Wahrscheinlich hat er wenig zu tun. Wer braucht hier schon Uhren. Hier liest man die Zeit noch an ganz anderen Dingen ab. An der Sonne oder am Mond, an den Wolken, an den kleinen Schiffen, die regelmäßig den engen Hafen anlaufen, an kleinen, weißen Häusern, die im Winter grau werden vom Regen und im Frühling wieder neu gestrichen werden – auch das Meer ist eine Uhr. Die schmutzigen Ränder, die es in stetem Wechsel an den Klippen freigibt und wieder verdeckt, sind ihre Zeiger. Wen interessieren schon die Minuten.

Ich verließ meinen Balkon, über dessen schlecht schließende Tür ich mich täglich in der Rezeption erfolglos beschwerte, und ging die steilen Stufen hinunter zu den Klippen. Doch kürzer als sonst hielt ich mich dort auf. Vielleicht störten mich einige mit Taucherbrille und Schwimmflossen ausgerüstete Urlauber, die mit einem Hammer geräuschvoll Muscheln von den dunklen, vom Meer freigegebenen Felsen herunterschlugen.

Ich ging die Straße zum Bad hinüber, vorbei an den Gasthäusern, in deren Gärten man schon den Rost für das Mittagessen einheizte, vorbei am dunkelhäutigen Uhrmacher, die Straße hinauf zum Markt. Schon von weitem hörte ich die Esel ächzen, mit denen die Bauern ihre Waren von den Bergen in die Stadt führten. Es sind immer die gleichen Dinge, die sie anbieten. Ich sah wieder ihre Teppiche, die geschnitzten Holzvögel und gestickten Umhängetaschen, diese zu Luxus verwandelte Armut, die von den Urlaubern so gerne gekauft wird. Ich sah auch wieder die Männer mit ihren Glücksrädern an der Mauer der Markthalle hocken, umstanden von den Spielern, die alle hofften, die Laune dieser schlecht gerundeten, an pulsierende Herzen erinnernden Holzräder würde die Mühsal ihres Daseins in einer Flut des Glücks enden lassen.

Ich stellte mich zu ihnen. Gerne beobachtete ich die kargen Einsätze und die ärmlichen Gewinne, die Blicke der verschleierten Frauen, der Kinder, der Männer, die sich vor jedem Spiel dem großen Glück ganz nahe glaubten und nie bedachten, daß die paar Dinar, die der apathische Inhaber des Rades zu geben imstande war, nicht einmal einen Schimmer des erhofften Glückes bringen konnten.

Ein Mädchen fiel mir auf. Es verfolgte den Gang des Spieles sehr unbeteiligt. Sie war nicht älter als vierzehn Jahre, hochgewachsen, ihr langes, dunkles Haar fiel über die Schultern. Breite, weitgeschwungene Augenbrauen, eine hohe Stirn, große, dunkle Augen, die starke Nase und ihr leicht vorspringendes Kinn gaben ihr in dem weißen Kleid, das sie, wie fast alle Frauen dieser Stadt, trug, das Aussehen unnahbarer Reinheit. Immer wieder schaute sie zu mir. Wenn sich unsere Blicke trafen, lächelte sie kurz.

Ob sie mir folgen würde? Ich verließ die Spieler. Sehr langsam ging ich auf dem Markt die großen Tische entlang, über denen mit Fliegen besäte aufgeschlitzte Ziegen und Lämmer hingen, weiter zu den Melonenbergen, zu den Körben mit Feigen und Trauben, über denen unablässig Wespen und Bienen kreisten. Schließlich stolperte ich über eine Kiste, in der aufgeregt zwei Hühner flatterten. Dann stand ich vor der überdachten Fischhalle.

Ich war erfüllt von der merkwürdigen Unruhe, die vielen Erlebnissen vorangeht. Meine Beklommenheit war groß. Zwar wußte ich, daß es absurd war, zu erwarten, ein vierzehnjähriges Mädchen dieser Stadt würde einem Fremden nachgehen. Ich hoffte trotzdem. In der Fischhalle, verdeckt von mehreren Frauen, die mit den

Händlern feilschten, drehte ich mich um. Doch meine Vermutungen hatten mich nicht getäuscht. Sie war mir nachgegangen und stand in einiger Entfernung zum Eingang neben einem Tisch, auf dem mehrere Flaschen Traubenschnaps und ein paar Holzschnitzereien lagen. Sie mußte mich aus den Augen verloren haben. Unruhig schaute sie um sich. Ich handelte, als hätte ein fremdes Wesen von mir Besitz ergriffen. Ich drängte mich durch die Menschen zum Ausgang der Fischhalle und ging direkt auf das Mädchen zu. Als sie mich sah, bekam ihr schönes Gesicht einen spöttischen Ausdruck. »Kako je vaš ime?« war das einzige, was ich mühselig und unbeholfen in der Landessprache fragen konnte. Sehr gewandt fragte sie zurück: »You English?« »No, I Austrian«, antwortete ich linkisch.

Langsam ging sie durch die langen Tischreihen dem Ausgang des Marktes zu. Längere Zeit war sie still. Plötzlich sagte sie ohne besonders starken Akzent: »Dann du sprichst Deutsch.« Wir gerieten in einen dichten Menschenknäuel, der sich um zwei Streitende gebildet hatte. Ich fühlte, wie ihre Hand ganz sanft die meine nahm, um mich auf dem kürzesten Weg auf die Straße zu geleiten. Es war sehr heiß. Ungefähr ein Uhr mittag wird es gewesen sein. Katzen und Esel drängten sich in den Schatten der kleinen, weißen Häuser und unter die buschigen Feigenbäume. »Ich heiße Mila«, sagte sie dann, und, nachdem wir schon ein Stück in Richtung Meer gegangen waren, »ich lerne Deutsch in der Schule.«

Als wir vom Markt auf die Straße gekommen waren, wollte sie ihre Hand aus der meinen ziehen. Doch ich hielt sie fest. Zweifellos, dieses Mädchen – nun, da sie so nah bei mir war, sah ich, daß sie noch nicht einmal vierzehn sein konnte – war eine der schönsten Frauen, denen ich jemals begegnet war. Mit ihrem leichten Gang und ihren schmalen weißen Händen, die keine schwere Arbeit zu kennen schienen, hätte sie das Kind eines Fürsten aus der Altstadt sein können oder eine der für ihre Schönheit berühmten Töchter des letzten Königs der Montenegriner, in dessen einstigem Schloß ich wohnte.

Sie sprach nicht sehr viel. Ihr Deutsch war gut, aber nicht akzentfrei. Die Gesten, mit denen sie ihre Worte begleitete, waren zurückhaltend.

Die Hitze wurde unerträglich. Wir setzten uns in den Garten einer der vielen kleinen Konditoreien. Vor uns erhob sich der Berg, auf dem die Altstadt lag.

»Kennst du alte Stadt und Burg?«

»Ja, ich war schon einige Male oben.«

»Ich da wohnen. In einem schönen Haus. Ich werde dir zeigen.«

Ich war beruhigt. Meine geheime Furcht, das schöne Mädchen könnte mich ebenso grundlos, wie es mir gefolgt war, wieder verlassen, war unbegründet. Die junge Fürstin wollte mich in ihr Schloß führen. Unauffällig beobachtete ich ihre schmalen Handgelenke, die schlanken Fesseln, den schönen Hals, die weißen Arme; nirgends konnte ich einen Makel entdecken, kein Muttermal, keinen Leberfleck, keine falsche Proportion. Hier hatte die Natur ihre Intentionen offensichtlich mit viel Erfolg gegen alle Störversuche verteidigt.

Langsam wurde es kühler, und wir machten uns wieder auf den Weg. Ich nahm sie bei der Hand und ließ mich führen. Sie zweigte ab von der Straße in einen von kleinen Häusern umsäumten Weg, der an einer Moschee vorbeiführte. Bald verließen wir ihn und gingen durch einen Hain, in dem zwischen alten Ölbäumen die serbisch-orthodoxe Kirche stand. »Hier ich gehe in die Kirche«, sagte sie, und später: »diese Ölbäume sind so alt wie Jesus. Hier gewesen Apostel Paulus.« Lange und ernst erzählte sie mir die Mythen des Haines.

Wir näherten uns dem Berg. Der Fels, der zum Meer hin so steil abfiel, verlor sich hier in sanften Wellen in den Wiesen und in den kleinen Gärten. Ein schmaler Pfad führte unter vielen Öl- und Feigenbäumen in Serpentinen zur Burg. Ohne meine Hand auszulassen, ging sie vor mir her. Einmal, an einer scharfen Biegung, blieb sie stehen. Vor uns lag die Stadt. Das Meer war von dieser Seite nicht zu sehen. In den Ästen der Bäume um uns schwirrten unablässig die Zikaden, und an den immer kleiner werdenden Wolken, die hinter den Bergen landeinwärts verschwanden, konnte man erkennen, daß der Abend nicht mehr weit war. Einige Ziegen stelzten durch das Gras – da legte ich meinen Arm um die weiße Gestalt. Ich hoffte, die bukolische Harmonie dieses Nachmittags würde sie für meine sehr zurückhaltende Zärtlichkeit zugänglich machen. Ich hatte mich getäuscht. Schnell und bestimmt drehte sie sich um und ging weiter voraus der Altstadt zu.

An einer kleinen Holztür endete der Weg. Das Mädchen öffnete die Tür. Wir standen in einer engen Gasse. Sie war mit runden, aus dem Meer heraufgeführten Steinen gepflastert. So fest und unbesiegbar diese Festung mit der Altstadt von meinem Hotel aus zu sein schien, so verfallen und morsch, notdürftig geflickt und wieder beschädigt wirkten ihre Mauern aus der Nähe. Sie führte mich zum alten Marktplatz, wo man einst das Vieh verkaufte. Von früheren Gängen durch die Altstadt kannte ich die dicken, in die Mauer eingelassenen schweren Eisenringe, an die man die Tiere gebunden hatte. Sie schaute eine Weile hinunter zum Meer. Ein kleines Schiff fuhr aus dem Hafen.

Manchmal, wenn sie sich unbeobachtet glaubte, zum Beispiel neben der Mauer mit den Eisenringen, und schon früher vor der kleinen Holztür am Ende des schmalen Pfades, musterte sie mich. Sie schaute dann nicht, wie eine Vierzehnjährige schaut, munter oder neugierig. Oder scheu und ängstlich. Nein, eher verständnisvoll, ernst. Diese Blicke hatten etwas Prüfendes. So, als wollte sie meine geheimsten Wünsche erfahren. Ich wußte diese Blicke nicht zu deuten. Ich war überzeugt, daß dieses königliche Geschöpf noch keinem Mann gehört hatte. Kein Schatten lag um ihre Augen, und keine Falten umgaben ihren Mund.

Vor einem gepflegten Garten blieb sie stehen. »Hier ich wohne«, sagte sie, öffnete ein kunstvoll geschmiedetes Gittertor und ließ mich eintreten. Der kleine Weg zwischen den Rosenbeeten war mit weißem Kies bestreut, an der Mauer stand eine kleine Bank, und im hinteren Hof des Hauses sah ich einen kleinen Springbrunnen. Als wir das kühle Vorhaus betreten hatten, rief sie einen Namen, den ich nicht verstand. Bald erschien eine alte Frau, der sie rasch und sehr bestimmt einige Anweisungen gab. Dann führte sie mich in den zweiten Hof. Neben dem Springbrunnen standen ein Tisch und mehrere alte Sessel, auf denen buntbestickte Kissen lagen. Wir setzten uns, und sie erzählte mir einiges über das Haus. Sein einstiger Besitzer, der Stadtverwalter, sei der Großonkel ihres Vaters gewesen. Letzterer habe es geerbt. Doch auch er sei nun schon einige Jahre tot. Ihre Mutter starb im Vorjahr. Sie berichtete das alles ziemlich teilnahmslos, so, als hätten sie alle Ereignisse nicht betroffen. Nach einiger Zeit brachte die Alte den in allen Häusern unvermeidlichen türkischen Kaffee mit Halwa, einer orientalischen Mehlspeise, die ähnlich wie Türkenhonig schmeckt.

Dann erhob sich Mila, sagte »ich dir was bringen« und ging ins Haus. Nach kurzer Zeit kam sie mit einem Bündel von Heften zurück, die sie mir sachlich und ernst auf den Tisch legte. Sie setzte sich wieder zu mir. Ich warf einen Blick auf die Hefte. Es waren pornographische Broschüren aus Schweden und aus Dänemark.

Ich war sprachlos. Fast schämte ich mich. Doch Mila schaute mich ruhig an, griff nach einem, begann darin zu blättern und sagte bei der einen oder anderen Aufnahme »gut, ja?« und lächelte. Nach und nach begann ich mich über mich selbst zu wundern. Ich, der ich von solchen Broschüren nie etwas gehalten hatte, betrachtete gebannt die Aufnahmen. Sie waren primitiv, eine glich der anderen. Doch die Art, wie Mila blätterte, wie sie das eine Bild länger, die anderen kürzer aufgeschlagen ließ, erregte mich. Wieder versuchte ich, meinen Arm um sie zu legen, aber auch diesmal wehrte sie ab und blätterte weiter.

Ich weiß nicht, wie lang mich Mila ihrem eigentümlichen und verdorbenen Liebeszauber aussetzte. Plötzlich sagte sie: »Du kommen mit mir?« Wir standen auf, und sie führte mich in ein dunkles, kühles Zimmer, in dem schwere, holzgeschnitzte Truhen und Sessel standen. Die Teppiche, die den Boden und die Wände bedeckten, waren bunt gemustert. In der einen Ecke des Zimmers stand unter einem Baldachin ein riesiges Himmelbett, von dem sich die Alte, als wir das Zimmer betraten, eilig entfernte.

Das Mädchen ergriff meine Hand und führte mich zum Bett. Sie schlug den Vorhang zurück. Der Anblick, der sich mir bot, hätte mich in normaler Verfassung mit tiefem Entsetzen erfüllt. Doch Mila fühlte, daß ich meinen Willen aufgegeben hatte und nur nach ihren Befehlen handeln konnte. Auf der einen Hälfte des Bettes lag, nur mit einem dünnen Leintuch zugedeckt und offensichtlich von der Alten frisch gereinigt, ein ungefähr zwölfjähriger Knabe. »Das ist mein Bruder«, sagte sie. Es schien mir, als hätte sich die Natur an diesem unglücklichen Knaben für die Schönheit seiner Schwester gerächt, als hätte er Häßlichkeit und Elend für zwei zu tragen. Er hatte einen riesigen Wasserkopf, fast keine Haare, bläuliche Adern spannten ein wirres Netz um seine Stirn, seine Augen waren klein, die Lider gerötet und von tiefen, dunklen Rändern umgeben. Seine Schultern, seine Arme und die Füße, die das Leintuch freiließ, waren schmächtig und abgezehrt. »Er kann nicht gehen«, sagte Mila. Ich wußte nicht, warum sie das sagte. Wollte sie mich beruhigen, oder war es einer ihrer üblichen gelassenen Kommentare? Ich stand jedenfalls da und war nur neugierig, ganz gleich, was noch kommen würde. Sie deckte den Knaben ab. Unter seinen hervorstehenden Rippen und dem eingefallenen Bauch fiel mir das außerordentlich große Glied des Buben auf. Bleich und rein lag es zwischen seinen mageren Oberschenkeln. Mila setzte sich an den Rand des Bettes, und ich setzte mich zu ihr. Sie lächelte. Dann griff sie mit ihrer schmalen zarten Hand zum Penis ihres Bruders und begann sehr sanft die Vorhaut über der Eichel auf- und abzustreifen. Der Knabe begann zu lachen und stieß einige unverständliche Laute aus. Ich sah, wie sein Glied unter ihren Fingern anschwoll. Plötzlich ergriff sie mit ihrer freien Hand die meine, führte sie zum Phallus des Buben, legte diesen in meine Hand und forderte mich unmißverständlich auf, das Spiel, das sie begonnen hatte, fortzusetzen. Im gleichen Augenblick fühlte ich auch, wie sie mir erstaunlich gewandt die Hose öffnete. Ich war von der überwältigenden Macht der Perversion, die ich durch Mila kennenlernte, fasziniert und beglückt. Mein Puls jagte. Mein Blick war getrübt. Ich konnte die Gegenstände im Zimmer nicht mehr erkennen. Ich sah nur die weiße Gestalt vor mir, die mich ernst und hoheitsvoll anblickte. Ich empfand Schwindel. Mein Mund war trocken. Ich wollte Mila umarmen. Doch sie blieb unnahbar. Immer lauter lachte ihr Bruder. Sein großer Kopf war gerötet. Die bläulichen Adern verschwunden. Seine Lippen waren blaß. Er begann zu keuchen. Hin und wieder lallte er unverständlich. Aufmerksam verfolgte Mila meine Empfindungen und die ihres Bruders. Mehrmals hielt sie in ihren Zärtlichkeiten inne. Sie unterbrach dann auch mein Spiel mit ihrem Bruder. Sie wollte, daß der Rausch, in den sie mich und den Knaben versetzt hatte und an dem sie sich zu erfreuen schien, kein allzu frühes Ende nähme. Aus demselben Grund schlug sie später ihrem Bruder öfters hart ins Gesicht; er schrie. Ich wußte nicht, ob aus Schmerz, den seine Schwester ihm zufügte, oder aus Freude, die er durch mich empfand. Sie war tatsächlich eine unnahbare, kleine Fürstin, auch jetzt noch entwand sie sich mir behende, und als ich sie zu umschlingen trachtete, wies sie mir sehr energisch meine Tätigkeit an ihrem Bruder zu. Ich glaube nicht, daß Mila ganz unbeteiligt war, denn mit fast ernüchternder Sicherheit verstand sie es, unsere Zärtlichkeiten noch und noch zu verlängern.

Als wir endlich aus dem dunklen Geviert des Himmelbettes zurück ins Zimmer kamen, dämmerte es schon. Ich wußte nicht, wie ich mich verhalten sollte. Ich überlegte, ob dieses stolze Geschöpf von mir Geld nehmen würde. Mila befreite mich bald von meinem Zweifel. Im Garten beim Springbrunnen sagte sie: »Mila abends kalt, Mila brauchen ein schönes Tuch.« Ich gab ihr zweihundert Dinar für ein Tuch. Mit unbewegter Miene nahm sie das Geld. Als ich nach einiger Zeit ging, begleitete sie mich noch an die Gartentür.

Weiß und unnahbar sah ich sie stehen, als ich mich, bevor der Weg eine Biegung machte, noch einmal nach ihr umschaute. Ich versuchte wieder die kleine Holztür zu finden, durch die ich die Altstadt am Nachmittag mit Mila betreten hatte. Es glich eine Gasse der anderen und ein Haus dem anderen. Schließlich ging ich den gewohnten Pfad dem Meer zu, über dem ich auf der anderen Seite der Bucht in den letzten Strahlen der untergehenden Sonne mein Hotel stolz wie ein Schloß strahlen sah. Im Ort waren die meisten Läden schon geschlossen, und das in schäumenden Wellen in die Bucht zurückflutende Meer verdeckte die dunklen Ränder unter den blanken Klippen.

Isolde

Die weiße Tür wurde höher und höher. Die blanke Messingklinke blendete stark. Sie schloß die Augen.

Ob Schwester Ulrike die Tür würde öffnen können? Solche Türen, die immer höher werden, kann man nur schwer öffnen. »Diese blendende Klinke niederdrücken. Diese blitzende Klinke niederdrücken. Diese glühende Klinke niederdrücken. Diese Klinke muß man niederdrücken.«

Sie schaute auf. Die Klinke blendete sie noch immer. Sie schloß die Augen wieder. Ob die Klinke aufhören würde zu glühen? Sie öffnete die Augen. Ein Bündel gelber Speere flog von der Klinke gegen sie. Ihre Augen schmerzten. »Ein Schild schützt gegen Speere.« Sie hielt die Hand vor die Augen. »Das Visier schließen. Mit geschlossenem Visier spürt man die Speere zwar aufprallen, aber man bleibt unverletzt und fühlt keine Schmerzen.«

Kurz öffnete sie die Augen. Dann schloß sie sie wieder. Öffnete sie und schloß sie. Öffnete sie und schloß sie. Öffnete sie und schloß sie.

»Mit den Wimpern klimpern. Mit den Wimpern klimpern. Mit den Wimpern klimpern. Mit den Wimpern klimpern!« Ihre Lippen formten die Worte undeutlich.

So hatte er immer gesagt, wenn sie falsche Wimpern trug. Damals hatte sie die Augen nicht so leicht schließen und wieder öffnen können wie jetzt. Die künstlichen Wimpern hatten sich leicht ineinander verkeilt, wenn sie die Augen zu lange geschlossen hielt. »Nicht immer mit den Wimpern klimpern«, hatte er gesagt, wenn er lachend die kurzen Haare an ihren Lidern voneinander löste und zurechtstrich.

Sie sah ihn lachen. »Gespenst! Gespenst!« So nannte sie ihn. Bevor er zu lachen begann, bewegten sich immer seine Ohren.

»Mit den Wimpern klimpern, mit der Klinke klimpern, mit der Türe tinkern, mit der Klinke klinkern, finkern, zinkern, zuckern, funkern, funken, funken.«

Das waren keine Speere mehr, die an ihren Lidern abprallten. Funken trafen sie jetzt. Die blanke Messingklinke spie Feuer. Das Feuer drang unter ihre Lider. Die Treffer schmerzten sie. Bei jedem Treffer sah sie eine Flamme. Granaten schlugen ein. Ihre Augen waren ein Steinbruch, in dem gesprengt wurde. Ein hoher Steinbruch, ein hoher weißer Steinbruch, aus dem Gold und Kupfer gesprengt wurden. Die Stücke fielen tief hinunter.

Bald hatte sie kein Gold mehr in sich, die Klinke hatte schon alles aus ihren Augen gesprengt. Sie drehte sich zur Seite und zog die Decke über ihre Schultern. Sie wollte sich gegen die Granaten schützen. Sie schaute auf die elektrische Uhr.

War es halb zwei oder fünf? Welcher Zeiger war größer? Welcher zeigte die Stunden und welcher die Minuten?

»Der Minutenzeiger zeigt die Minuten und der Stundenzeiger die Stunden. Der kleine Zeiger zeigt das Große, und der große Zeiger zeigt das Kleine. Der Große das Kleine, der Kleine das Große. Der Kleine das Große. Der große Zeiger bewegt sich schneller als der kleine Zeiger.« Sie wollte beobachten, welcher der beiden Zeiger sich schneller bewegte.

Es bewegten sich beide Zeiger. Aber sie bewegten sich anders als sonst. Sie zuckten unruhig über das Zifferblatt. Sie wurden größer und schrumpften ruckartig wieder zusammen, sie schnellten über den braunen Holzrahmen der Uhr hinaus und liefen die Wand entlang, schlangen sich um die durchnagelten Füße des Gekreuzigten, der unter der Uhr hing, und umzüngelten die welkenden Rosen in der Vase auf dem Tisch.

Sie kniff die Lider zusammen, bis die Wimpern ihren Blick trübten. Das hatte sie immer getan, wenn sie etwas ganz genau sehen wollte.

Die Zeiger der Uhr kamen nicht zur Ruhe. Sie konnte nicht erkennen, welcher Zeiger der große und welcher der kleine war.

Ob diese Uhr die Stunden zeigte? »Vielleicht zeigen Uhren nicht die Zeit an.« Isolde wartete. Sie hatte ihre Augen wieder geschlossen. Sie wußte, einmal würde ein Zeiger den anderen verdecken.

»Dann denk' ich an Dich«, hatte er ihr einmal geschrieben. Sehr oft hatte sie auf die Uhr geschaut, um den Augenblick, in dem die beiden Zeiger übereinander lagen, nicht zu versäumen. Immer wieder hatte sie darauf gewartet, bis der kleine dunkle Keil auf dem Zifferblatt zu sehen war. Immer wieder hatten sich die Zeiger trennen und mehr als eine Stunde lang aufeinander warten müssen. Und sie hatte mit den Zeigern gewartet.

Wie, wenn diese wilden Zeiger der großen Uhr sich zu einem schwarzen Speer vereinigten und ihr Brust durchbohrten? Ihre Haut, das Brustbein, ihre Lunge, die Aorta, die Wirbelsäule? Isolde schaute auf. An der Wand gegenüber sah sie eine breite, dunkle Linie. Sie mündete in die Uhr. Isolde wendete sich. An der anderen Wand des Zimmers sah sie dieselbe breite, dunkle Linie. Die Zeiger der Uhr waren eine große, schwarze Schere.

Isolde fürchtete, von den Klingen der Schere zerschnitten zu werden. Sie sah die Tür. Die Messingklinke war verloschen. Die Tür war sehr hoch. So hoch und so weiß wie der Steinbruch. Der Steinbruch mußte gleich hinter der Tür liegen.

Die Tür war dünn. Sie bewegte sich wie ein großer, weißer Vorhang im Wind. Bald wehte die Tür nahe an sie heran, bald hinüber zum Steinbruch. Diese Tür konnte sie öffnen. Isolde wußte es.

Sollte sie hier auf ihn warten? Vielleicht würde er kommen, wenn sich die schwarzen Klingen der Schere schlossen.

Oder sollte sie in den Steinbruch gehen und dort auf ihn warten? Ganz oben bei der kümmerlichen Fichte, deren Wurzeln über der ausgesprengten Wand in die Luft ragten. Von dieser Stelle aus war sein schwarzes Auto schon von weitem zu sehen. Ob er wußte, daß sie ihn dort erwartete?

Die Klinke hatte kein Feuer mehr. »Alles verschossen, alles verschossen, verwelkte Klinke, verklinkte Welke, verrostete Klinke.« Die roten Rosen in der Vase am Tisch waren verwelkt. Vielleicht war ihnen zu heiß gewesen. Auch ihr war heiß.

Sie wünschte, mit der Tür zum Steinbruch zu wehen. Sich hoch oben mit den dürren Ästen der Fichte im Wind zu bewegen.

Die weiße Tür blähte sich ihr entgegen. Sie brauchte nur die Hand auszustrecken, und sie wäre im Steinbruch. Sie brauchte nur die Klinke niederzudrücken. Die Klinke war klein. Ihr Glanz war stumpf. Sie war verschmolzen im Feuer. Isolde sah kleine Rostflekken an ihr. Viele kleine rote Rostflecken. Die Klinke hatte Sommersprossen. »Verschossen in die Sommersprossen.« Die Klinke war die erste Sprosse zur Fichte.

Isolde legte ihre Hand auf die Klinke. Die Klinke gab nicht nach. Warum ging die Tür nicht auf? Diese dünne Tür mußte sich doch leicht öffnen lassen. Die Klinke war sehr kühl. Isolde drückte, so fest sie konnte. Die Tür blieb verschlossen. Gerne hätte sie einen der schwarzen Uhrzeiger an die Klinke gebunden. Doch die liefen weit entfernt von ihr über die Wände. Daß es so schwer sein würde, die Tür zu öffnen, hatte sie nicht gedacht. War durch das Feuer in der Klinke das Schloß geschmolzen?

Sie zerrte mit aller Kraft an dem Metallstück. Es schmerzte sie ihr Atem, und der Schweiß, der durch ihre Wimpern drang, brannte sie in den Augen. Langsam gab das Metallstück nach. Noch einmal mußte sie ziehen. Dann stürzte das Metall laut dröhnend zum Gold und zum Kupfer, das man ihr zuvor aus den brennenden Augen gesprengt hatte. Im gleichen Augenblick schrumpfte die Tür auf ihre gewohnten Maße zusammen. Sie war wieder steif und fest. Schwester Ulrike trat ein.

»Aber, aber, wer wird denn so schlimm sein! Gleich die Lade auf den Boden werfen!«

Isolde entschuldigte sich. Sie hätte die Tür öffnen wollen.

»Aber, mein liebes Kinderl, ist das Fieber wieder so hoch?« Ulrike schaute auf die Uhr. »Ist ja erst fünf Uhr vorbei.«

Die dunklen Bänder an den Wänden waren nicht mehr zu sehen. Isolde sah deutlich, daß es sieben Minuten nach fünf Uhr war.

»Ich hätt' schon nicht vergessen. Ich weiß doch, daß am Freitag um sechs immer der Besuch kommt. Wir haben noch genug Zeit zum Schönmachen.«

Isolde dachte, daß sie im Steinbruch vergeblich gewartet hätte. Schweigend hob Ulrike die Gegenstände auf, die mit Isoldes Nachttischlade zu Boden gefallen waren.

Isolde vergaß, daß Ulrike im Zimmer war. Sie schaute wieder auf die Uhr. Der große Zeiger hatte sich weiterbewegt. Sie rechnete. In einer Viertelstunde würden sich die beiden schwarzen Zeiger treffen. Dann würde er an sie denken. Dann würde er denken, daß sie ihn in zweiunddreißig Minuten erwartete. Dann würde sie denken, daß er in zweiunddreißig Minuten käme. Ob er jetzt an sie dachte? Ob er jetzt dachte, daß sie an ihn dachte?

Isolde lag ruhig auf dem Rücken. Der Schweiß an ihrer Stirn war getrocknet. Sie rechnete wieder. Sie rechnete, in wieviel Minuten er kommen würde. Zweiunddreißig Minuten und fünfzehn Minuten. Sie dachte, daß sich der große Zeiger mittlerweile weiterbewegt haben müßte.

Sie erschrak. Neben ihrem Bett erhob sich Ulrike. Ihr Rücken war so breit und weiß.

»So, jetzt haben wir wieder alles.« Ulrike legte die Gegenstände in die Lade, die neben Isolde auf dem Rand des Bettes lag. »Jetzt werden wir uns gleich schön machen.«

Isolde spürte Ulrikes Arm um ihren Rücken. Das Sitzen machte Isolde Mühe.

»Heut' machen wir es ganz kurz. So schwitzen hat sie müssen.« Isolde schmerzte das rauhe Handtuch, mit dem Ulrike ihr Haar trocknete. Später litt sie unter den kurzen Stößen, als Ulrike mit dem

Kamm durch die schweißverklebten Haare drang. Isolde erinnerte sich an die künstlichen Wimpern.

»Das Make-up werden wir heute nicht nehmen. Aber die Lippen streichen wir uns schon noch an.«

Isolde war sehr müde. Sie wünschte, wieder Ulrikes Arm zu fühlen. Die Hülle des Lippenstiftes schimmerte. Nur schwer ertrug Isolde den Geruch des Lippenstiftes.

»Aber nein. Der riecht immer gleich. Das ist das Fieber. Wir werden gleich ein Zäpfchen nehmen. Dann ist alles wieder gut.«

Ulrike legte Isolde zur Seite. Isolde schämte sich. Sie hatte sich immer geschämt, wenn ihr Ulrike ein Zäpfchen einführte.

»Gleich wird das Fieber weg sein.«

Isolde dachte, daß sie auskühlen könnte wie die Messingklinke, auf der sie die kleinen Rostflecken entdeckt hatte.

Ulrike nahm die welken Rosen aus der Vase. »Heut' bekommen wir ja wieder frische Rosen. So wunderschöne Rosen bringt er immer.«

Isolde fürchtete den Geruch der Rosen. Sie wußte, daß sie heute unerträglich riechen würden. Ulrike schob die Lade in den Nachttisch.

»So, jetzt rasten wir uns schön aus. Bald wird die Isolde wieder ihren Tristan sehen.«

Dann ging Ulrike aus dem Zimmer.

Isolde schaute auf die Uhr. Die Zeiger waren wieder unruhig. Dennoch meinte sie zu erkennen, daß sie in wenigen Minuten übereinander liegen würden. Die weiße Tür begann wieder zu wachsen. Sie wurde höher und dünner. Das Feuer in der Messingklinke war endgültig verloschen. Die welken Rosen lagen auf dem weißen Tischtuch neben der Vase. Ulrike hatte vergessen, sie aus dem Zimmer zu tragen. An der Wand gegenüber sah Isolde zwei breite, schwarze Bänder. Im spitzen Winkel liefen sie auf dem Zifferblatt der Uhr zusammen. Die Klingen der Schere waren nahe beisammen. Bald würde er an sie denken. Und dann würde sie nur noch zweiunddreißig Minuten warten müssen. Vielleicht liefen die dunklen Bänder auch über den Boden. Isolde wollte sich nicht bewegen; sie dachte an ihre Frisur. Sie lag flach auf dem Rücken. Vorsichtig neigte sie den Kopf zur Seite. Breit und schwarz lief ein Zeiger an ihrem Bett vorbei. Vielleicht hinter dem Bett wieder die Wand hinauf? Vielleicht waren die Zeiger Schlingen? Dann hob sie ihre Lider so weit sie konnte, die Augen schmerzten sie. Sie schaute auf den Plafond. Sie entdeckte zwei dunkle Straßen, die mündeten in die Uhr.

Wenn sie diese Straßen gehen würde, käme sie immer wieder zurück in die Uhr. So wie die Zeiger gingen, so würde sie gehen. Und wenn die Zeiger stillstünden, könnte sie diese Straßen trotzdem gehen. Wenn die Zeiger nun stillstehen, so dachte sie, findet ein Zeiger nicht zum anderen. Ob er dann auch nicht an sie denken würde?

Wenn ihre Uhr hier stillstünde, könnte seine doch weitergehen. Die Zeiger seiner Uhr würden sich treffen. Er würde an sie denken. Er würde wissen, daß er in zweiunddreißig Minuten bei ihr sein müßte. Ob sie fühlen würde, daß er an sie dachte. Ob er fühlte, daß sie an ihn dachte. Sie dachte immer an ihn. Ob er immer fühlte, daß sie an ihn dachte. Oder ob er nur dann fühlte, daß sie an ihn dachte, wenn er dachte, daß sie an ihn dachte: in jenem kurzen Augenblick, in dem die beiden Zeiger übereinander standen. Wenn seine Uhr schneller ging als die ihre, dann würde er früher denken, daß sie an ihn dachte, als sie denken würde, daß er an sie dachte. Vielleicht würde sie gar nicht fühlen, daß er an sie dachte, wenn sich die Zeiger der Uhr nicht Stunde um Stunde träfen. Vielleicht wären alle, die sich auf die Zeiger der Uhren verließen, Betrogene. Vielleicht gingen alle Uhren anders. Vielleicht dachten alle, die sich liebten, zur falschen Zeit, daß der, den sie liebten, an sie dachte. Würde er an sie denken, wenn seine Uhr stehenbliebe? Würde er dann wissen, wann sie ihn erwartete?

Die Zeiger ihrer Uhr bewegten sich aufeinander zu. Eines der beiden dunklen Bänder lief nun an ihrem Bettrand entlang. Über jene Stelle, wohin Schwester Ulrike zuvor die Lade gelegt hatte. Isolde hatte keine Furcht. Sie wußte, daß die Klingen der Schere sich schließen würden. Auch auf der anderen Seite des Bettes wurde auf dem Leintuch ein schmaler, dunkler Streifen sichtbar. Er wurde immer breiter.

Isolde war sicher, daß er nun sehr bald an sie denken würde. Auch sie wollte an ihn denken. Die schwarzen Bänder hatten ihre Decke erreicht. Sie waren nicht schwer. Isolde spürte sie nicht. Sie legte ihre Hand auf einen der Streifen. Die Hand schimmerte sehr weiß auf dem dunklen Grund. Langsam setzte sie auf der dunklen Straße, die zur Uhr führte, einen Finger vor den anderen. Die Straße war so schwarz wie sein Auto, das sie von ihrem Platz bei der Fichte über dem Steinbruch immer von weitem schon kommen sah. Ob er auf solchen schwarzen Straßen fahren würde. Ob sie auf solchen schwarzen Straßen gehen sollte.

Unruhig bewegte Isolde den Kopf. Ein Zeiger lief über ihr Auge. Wenn sie den Kopf auf die andere Seite drehte, verdeckte der andere Zeiger das andere Auge. Sie wußte, daß er in wenigen Sekunden schon an sie denken würde. Mit dem unbedeckten Auge sah sie, daß jemand die hohe, weiße Tür öffnete.

Zweiunddreißig Minuten früher als sie dachte, war er gekommen. Er schien ihr heute so groß. Er hatte keine Rosen in der Hand. Er ging zum Tisch und stellte die welken Rosen, die Schwester Ulrike vergessen hatte, wieder in die Vase.

»Woher hast du den schönen, schwarzen Mantel?« fragte sie ihn. Er antwortete nicht.

»Willst du ihn nicht ausziehen?«

Stumm neigte er sich über sie. Isolde schien es, als wäre sein Mantel aus dem gleichen Stoff wie die Bänder, die über ihr Bett liefen. Er strich ihr sanft über das Gesicht. Sie sah wieder mit beiden Augen. Die Tür stand offen. Dahinter sah sie die kleine Fichte über dem Steinbruch. Leicht bewegten sich ihre Äste im Wind. Er hatte sich auf ihren Bettrand gesetzt.

»Wie geht es dir?« hörte sie ihn fragen.

»Deine Zeiger sind so zart. So zart sind deine Zeiger.« Isolde schien es, als wären seine langen Arme die Zeiger einer anderen Uhr. »Ich wollte schon in den Steinbruch gehen und dort auf dich warten.« Sie deutete zur offenen Tür.

»Willst du in den Steinbruch?«

»Ja.«

Mit zwei kurzen Bewegungen riß er die Zeiger aus der Uhr. Schlaff hingen sie an seinen Händen. Sorgfältig legte er sie übereinander. Isolde hoffte, daß er nun immer an sie denken würde.

Er ging zur offenen Tür und warf die beiden übereinanderliegenden Bänder wie Seile hinüber zum Steinbruch. Sie schlangen sich mehrmals um den Stamm der Fichte.

»Komm«, sagte er.

Isolde erhob sich. Sie wunderte sich, daß sie gehen konnte.

Als Isolde bei der Tür war, sah sie, daß zwischen ihr und der schroffen Wand, auf der die Fichte stand, eine tiefe Kluft lag, über die die beiden dunklen Bänder gespannt waren.

»Geh hinüber. Ich halte hier. Gib acht, daß du nicht abstürzt.« Langsam ging sie den schwarzen Pfad. Als sie ihn zur Hälfte zurückgelegt hatte, fiel ihr ein, daß er ihr nicht folgen konnte. Er hätte niemanden, der ihm die dunklen Bänder hielte. Sie überlegte, ob sie umkehren sollte. Unschlüssig wandte sie sich um.

»Geh«, rief er.

»Kommst du nach?«

»Ja, ich komme mit dem Wagen. Warte bei der Fichte auf mich!« Vorsichtig ging sie weiter, bis sie neben dem kleinen Baum stand. Der Steg war verschwunden. Zwei dunkle Tücher hingen schlaff über der schroffen Wand des Steinbruchs.

Das Fest der Kröten

Es war ein ungewöhnlich warmer Apriltag. Hoch über den südsteirischen Weinhängen sah ich schon von weitem die gelben Mauern des schloßartigen Anwesens. Es gehörte einer befreundeten Familie. Dort verbrachte ich schon seit mehreren Jahren die Karwoche.

Ich zweigte von der Landstraße ab. Die Pappeln, die den schmalen Weg hinauf zum Gehöft säumten, waren noch kahl. In den Weingärten wurde gearbeitet. An einigen Zweigen der vielen kleinen Pfirsichbäume waren schon Blüten. Ich fuhr sehr langsam. Siegfried, der zwölfjährige Sohn meines Freundes, würde mir sicher wieder den üblichen Begrüßungsstreich spielen. Er machte sich einen Spaß daraus, mir aufzulauern und mich zu erschrecken. Manchmal sprang er, mit schwarz maskiertem Gesicht, hinter einem Schuppen hervor und zwang mich durch Vorhalten eines Holzstockes, der als Maschinengewehr fungierte, zum Halten. Oder, und damals hatte er mich ernstlich erschreckt, er legte an einer unübersichtlichen Biegung eine Vogelscheuche quer über den Weg, über die ich, da ich den Wagen nur mit aller Mühe bremsen konnte, beinahe gefahren wäre. Einmal hatte er sogar recht mühsam aus alten Stöcken eine Wegsperre gebaut und an diese eine Tafel mit der Aufschrift »Keine Zufahrt für Schnecken-, Würmer- und Krötenmörder« gelehnt.

Diesen Titel hatte er mir verliehen, da ich mit meinem Wagen hin und wieder eine Schnecke, einen Wurm oder eine der vielen Kröten, die auch an diesem warmen Frühlingstag den Weg und die noch nassen Wiesenstreifen bevölkerten, überfuhr. Nach meiner Ankunft inspizierte Siegfried die schmale Zufahrt durch die Weingärten genau, und für jedes tote Tier hatte ich einen Schilling zu zahlen. Das Geld gab er – und sein Vater, der Siegfried wegen dieser Strafmaßnahme stets rügte, bestätigte es mir – am folgenden Sonntag in den Opferstock der Kirche, um, wie er zu sagen pflegte, »die Morde des Onkel Wolfkind« zu sühnen.

Diesmal passierte ich den Weg unbehindert. War Siegfried erkrankt? Er fehlte auch bei der Begrüßung. Die Stimmung meiner Freunde war gedrückt. Schon wollte ich nach Siegfried fragen. Da entdeckte ich ihn. Er hatte sich ein neues Spiel ausgedacht. Von den Füßen bis zum Hals in ein dickes, braunes Papier eingewickelt, stand er inmitten der kleinen Pfirsichbäume, streckte die Hände starr in die Luft und rief: »Schnell, Onkel, schnell, Onkel, ich bin ein Pfirsichbaum, den man nicht ausgewickelt hat, ich schwitz' schon so, ich kann nicht blühen und keine Pfirsiche bekommen.«

Wie immer ging ich auf die Witze Siegfrieds ein, ergriff eine Baumschere, die ich im Schuppen auf der alten Weinpresse entdeckte, ging auf ihn zu und sagte: »Ja, da schau her, ein Pfirsichbaum, der jetzt im April noch eingewickelt ist, und gestutzt ist er auch noch nicht, da müssen wir aber wohl gleich die Äste stutzen.«

Ich machte Anstalten, dem Buben mit der großen Schere die Finger abzuschneiden. Er ließ sich zu Boden fallen. Unbeholfen lag er da, bis ich die Schnüre durchschnitt, mit denen er sich das Papier um den Leib gebunden hatte. Ich merkte, daß Siegfrieds Vater unser Spiel mit besorgten Blicken beobachtete. Später fragte ich ihn, was er an dieser neuen Idee seines Sohnes so bedenklich fände.

»Eigentlich gar nichts«, sagte er, und nach einer Weile: »Weißt du, der Bub ist in den letzten Wochen so merkwürdig verändert.«

Siegfried schien mir fröhlich und übermütig wie immer.

»Nein, glaub' mir, wir machen uns um Siegfried wirklich große Sorgen.«

»Hat er Schwierigkeiten in der Schule?«

»Nein, ganz im Gegenteil, er lernt heuer sogar sehr brav. Es ist nicht das Lernen. Er ist in seinem Wesen verändert. Unruhig, verschlossen, wortkarg. In der Nacht kann er nicht schlafen. Geht herum, spricht mit sich selber.«

Ich war überzeugt, mein Freund, der um seinen Sohn schon immer überaus besorgt war, dramatisierte die Situation. Ich sagte:

»Na ja, die Jugend ist heute früh dran, vielleicht ist er verliebt. Das wär' mit zwölf Jahren schon denkbar.«

»An das hab' ich auch schon gedacht. Aber in wen denn? Es hätte mir oder meiner Frau doch einmal etwas auffallen müssen. Außerdem hat uns Siegfried immer alles erzählt. Und ich wüßte keinen Grund, warum er uns nicht sagen sollte, daß er für ein Mädchen schwärmt.«

»Ist er vielleicht krank? Oder hat sein Verhalten sonst eine Ursache?« Ich sagte, daß Kinder gerade in Siegfrieds Alter besonders empfindlich sein können und auf Kleinigkeiten, die einem Erwachsenen gar nicht auffielen, außerordentlich überreizt reagierten.

»Aber was soll denn sein? Bei uns geht das Leben jahraus, jahrein gleich fort. Ich wüßte nicht, welches Ereignis Siegfried so verändern hätte können. Ich war auch schon in der Schule und habe gefragt, ob es mit Siegfried Schwierigkeiten gäbe, oder ob einem seiner Lehrer etwas aufgefallen wäre. Aber alle sagen, er sei lieb und lustig wie immer. Nur zu Hause verhält er sich so eigenartig. Und, dir kann ich es ja sagen, du hättest es ja auch sicher bemerkt, der Bub schleicht sich in der Nacht aus dem Haus und kommt erst am Morgen zurück. Ich bin froh, daß du gekommen bist. Ich wäre dir sehr dankbar, wenn du einmal mit dem Buben sprechen könntest. Ich habe alles versucht. Ich habe ihn, als er das erstemal die Nacht über ausgeblieben ist, nicht geschlagen, ihm keine Vorhaltungen gemacht, ich habe ihn nur gefragt, wo er war. Doch es war nichts herauszubekommen aus ihm. Später habe ich ihn dann natürlich auch verprügelt. Aber auch ohne Erfolg. Vielleicht richtest du mehr aus bei ihm.«

»Ja, mein lieber Freund«, sagte ich und war überzeugt, daß ich recht hatte, »du wirst dich doch abfinden müssen. Denk einmal nach, ob in deiner Nähe nicht irgendeine hübsche Magd oder eine junge Lehrerin deinen Siegfried, mehr als dir lieb ist, in ihr Herz geschlossen hat.«

»Aber mit zwölf Jahren, das ist doch glatter Blödsinn.«

»Blödsinn hin, Blödsinn her, solche Dinge sind nicht von der Hand zu weisen. Zu deiner Beruhigung – es ist noch keiner dabei ums Leben gekommen.«

»Aber schau ihn dir doch an, den kindischen Kerl, spielt Pfirsichbaum, wenn du kommst, und in der Nacht soll er ein Liebhaber sein?« Vergeblich versuchte ich ihn zu überzeugen, daß in den Entwicklungsjahren solche Kombination von kindlicher Naivität und sexuellem Betätigungsdrang durchaus üblich sei.

Es wurde kühl. Wir gingen in das Haus. Im Wohnzimmer hatte Siegfried den großen Tisch mit seinen Büchern bedeckt und schrieb seine Mathematikaufgabe.

»Na«, sagte ich, »Herr Pfirsichbaum lernt Mathematik!« Siegfried lächelte freundlich wie immer. Er stand auf, drehte das Licht an, zog die Lampe, die an einer altertümlichen Zugvorrichtung über dem Tisch hing, etwas weiter herunter und begann die Ergebnisse mit dem Lineal zu unterstreichen. Ich stand eine Zeitlang hinter ihm, und als ihm einmal ein Strich recht krumm geriet, sagte ich: »Wir werden dem Pfirsichbaum doch die Äste stutzen müssen, wenn sie so zittrig sind.«

Ohne auf meinen Witz einzugehen, fragte er unvermittelt: »Wieviel Schnecken hast du diesmal zusammengeführt? Wieviel Würmer? Wieviel Kröten?« Dabei ahmte er sehr geschickt das Quaken der Kröten nach. Das wieder schien seinen Vater zu stören. Er fuhr vom grün überzogenen Kanapee, auf das er sich gesetzt hatte, auf und schrie: »Jetzt habe ich aber endlich genug von dieser blöden Quakerei!« Ich vermied es, meinen Freund in Anwesenheit des Buben zu maßregeln, nahm mir aber vor, ihm, sobald wir allein sein würden, zu sagen, daß er durch solche, mir an ihm vollkommen ungewohnte, cholerische Reaktionen das Vertrauen des Buben sicher nicht zurückgewinnen werden.

Siegfried hörte folgsam auf zu quaken und sagte nur: »Jetzt geh ich dann nachzählen, wieviel du wieder umgebracht hast mit deinem Auto.« Und wieder hörte ich im Hintergrund die erregte Stimme seines Vaters: »Du bleibst heute zu Hause! Verstanden? Es ist schon dunkel. Jetzt siehst du keine Würmer und keine Kröten mehr!«

»O ja, freilich kann man sie im Finstern sehen.« Siegfried widersprach ziemlich energisch. Die Debatte wurde mir unangenehm, und ich war sehr erleichtert, als wir zum Essen gerufen wurden. Auf dem Weg ins Eßzimmer winkte mich Siegfried zu sich und tat so, als wollte er mir heimlich etwas ins Ohr sagen. Ich neigte mich zu ihm. Doch alles, was ich vernahm, war das seinem Vater so verhaßte »quak, quak«, mit dem er die Rufe der Kröten imitierte.

Es schien mir nicht einmal so absurd, daß Siegfried immer quakte, denn durch das offene Fenster hinter dem Tisch, an dem während des ganzen Essens nur eine sehr stockende Unterhaltung zustande kam, drang von den feuchten Wiesen, Bächen und Tümpeln der tausendstimmige Chor der Frösche und Kröten ins Zimmer; ein vibrierendes, unruhiges Band, das sich um alle Geräusche des Hauses schlang, sich mit diesen vermischte zu jenem eigenartigen Klangbild ländlicher Frühlingsabende, das mir schon von früheren Jahren her vertraut war und dessen Zauber ich mich immer wieder gerne lang und ungestört hingab.

Ich war daher nicht böse, als sich mein Freund nach dem Essen bei mir entschuldigte. Er wollte früh zu Bett. Auch Siegfried mußte schlafen gehen. Ich ging vor das Haus. Über den dunklen Pappeln leuchtete der Mond. In den kleinen Pfützen auf dem Weg, den ich gekommen war, schob und hob es sich, rastlos und träge zugleich, als wären alle Kröten der Welt zusammengekrochen in diesen Weinbergen, um ihr Frühlingsfest zu feiern.

Ich setzte mich auf die alte Weinpresse im Schuppen. Das Gelb des Hauses wirkte im Mondlicht viel blasser als bei Tag, die im schwerfälligen und kunstlosen Barock geschwungenen, aus der Mauer ein wenig vorstehenden Fensterbögen warfen tiefe Schatten, die sich im Dunkel der Scheiben verloren. Das Anwesen machte auf mich immer schon den Eindruck eines Schlosses. Ich hatte mich hier oben immer so sicher gefühlt. Diesmal war ich beunruhigt. Die Angst meines Freundes hatte auf mich übergegriffen. Ich horchte in die Nacht. Ein leises Knacken mischte sich in die nicht endenden Liebeslieder der Kröten. Es kam vom Haus. Langsam und vorsichtig öffnete Siegfried das Fenster seines Zimmers. Schon sah ich ihn hinausklettern und zu Boden springen. An der routinierten Art, mit der er dies alles ausführte, und an dem Geschick, mit dem er das Fenster, bevor er sprang, zumachte, sah ich, daß er derlei nächtliche Ausflüge schon gewohnt war.

Ich versteckte mich hinter der Wand des Schuppens. In einiger Entfernung wollte ich ihm folgen. Das hätte, dachte ich mir, auch seinem Vater schon einfallen können.

Siegfried ging schnell dem kleinen Wald zu, der die Kuppe des Berges bedeckte. Es war kein richtiger Wald. Sondern nur einige Buchen, ein paar Erlensträucher, durchsetzt von mehreren schmächtigen Birken. Als Siegfried ungefähr zweihundert Meter vom Haus entfernt war, folgte ich ihm. Er wurde langsamer, manchmal blieb er stehen und schaute um sich; schon befürchtete ich, er könnte mich bemerken. Später sah ich ihn dann hinter den Sträuchern verschwinden; er verließ den Weg nicht. Langsam ging er die andere Seite des Berges hinunter bis zu einem schmalen Pfad; ich wußte, dieser Wiesenweg führte zu einem kleinen Teich. Er war von einigen verkümmerten Fichten umgeben. Im Sommer hatte er meist kein Wasser.

Ich beobachtete Siegfried von weitem. Beim Teich blieb er stehen. Nach einer Weile setzte er sich auf einen Baumstrunk und schaute reglos in das Wasser. Weit oberhalb der Stelle, an der der Pfad abzweigte, verließ ich den Weg und näherte mich dem Teich von der anderen Seite. Siegfried sollte nicht glauben, daß ich ihm nachspionierte. Außerdem wollte ich auch noch ein wenig zuwarten. Vielleicht hatte er sich beim Teich mit jemandem verabredet. Auf alle Fälle sollte unser Zusammentreffen wie ein Zufall wirken. Er wußte nämlich, daß ich spät abends noch gerne spazierenging. Also würde er nichts daran finden, mir zu begegnen.

Doch zunächst blieb ich hinter einem einsamen Strauch in der Wiese stehen. Es schien mir unwahrscheinlich, daß der Bub, nur um nachts allein an diesem kleinen Teich zu sitzen, alle Vorwürfe und Strafen seines Vaters auf sich nahm. Ich wartete. Aber niemand außer Siegfried war zu sehen. Möglich, daß Siegfried gerade heute vergeblich wartete.

Zunächst bemerkte mich Siegfried nicht. Versunken saß er da und schaute in das reglose Wasser. Es glänzte im Mondlicht. Es war die Nacht vor dem Vollmond.

»Halt, Polizei!« rief ich. Siegfried fuhr auf und schaute erschrokken zu mir. »Ah, du bist's«, sagte er dann, »gehst auch spazieren?«

»Ja, an einem so schönen Abend muß man einfach noch an die Luft.«

Ich wollte ihm das Gefühl geben, daß ich es für ganz selbstverständlich hielt, ihn noch so spät im Freien anzutreffen. Und wie nebenbei fragte ich: »Was machst du denn da?«

»Sitzen und schaun.«

»Bist du öfters da?«

»Ja«, jetzt schaute mir der Bub ins Gesicht, »und manchmal sitz' ich die ganze Nacht hier.«

»Du weißt, daß sich der Tatl«, so nannte er seinen Vater, »große Sorgen macht, wenn du in der Nacht nicht zu Hause bist. Mir kannst du es ja sagen, und ich sag' es ihm sicher nicht weiter; was machst du denn wirklich, wenn du die ganze Nacht ausbleibst?«

»Ich hab's dir ja schon gesagt. Ich sitz' hier.«

»Aber doch nicht allein.«

»Wohl, ganz allein.«

Die Rufe der Kröten und die Klagen der Unken waren hier besonders deutlich zu vernehmen. Zu Hunderten schoben sie sich über das feuchte Ufer des Teiches.

»Aber Bub, mir kannst du doch nicht erzählen, daß du die ganze Nacht hier sitzt und die Kröten anschaust.«

»Quak, quak«, war seine Antwort.

Ich wechselte daraufhin das Thema; ich wollte unser Gespräch zu keinem Verhör machen. Also fragte ich ihn, wie es ihm in der Schule ginge, wie der diesjährige Skikurs verlaufen wäre. Und, bei aller Bereitwilligkeit, mit der er mir antwortete, spürte ich, daß es ihm nicht unangenehm gewesen wäre, wenn ich ihn noch weiter über den Grund seiner nächtlichen Wanderungen befragt hätte. Nach einiger Zeit fragte ich ihn, ob er nun mit mir nach Hause kommen wollte. Doch er wollte nicht. Auf die Frage, warum er noch bleiben wollte, sagte er nur: »Ich muß warten.«

Also doch, dachte ich mir. Und freute mich außerordentlich, daß sich eine Bestätigung meiner Theorie abzeichnete. Sehr freundschaftlich, und so, als wäre es – auch schon für einen Zwölfjährigen – das Selbstverständlichste, fragte ich: »Ist sie hübsch?«

Ohne eine Spur von Verlegenheit und ohne Zögern kam die Antwort:

»Sehr sogar. Wunderschön.«

Ich staunte über die Offenheit, mit der er, erst zwölfjährig, über seine erste Freundin sprach, und fragte weiter:

»Wie heißt sie denn?«

»Das weiß ich nicht genau.«

»Du mußt doch wissen, wie deine Freundin heißt.«

»Nein, ich weiß es aber nicht.«

»Du kannst mir doch nicht erzählen, daß du dich fast jede Nacht mit einer Freundin triffst und nicht einmal weißt, wie sie heißt.«

»Ich bin nicht verabredet, ich wart' auf sie. Ich weiß wirklich nicht, wie sie heißt.«

Ich führte Siegfrieds ausweichende Antworten auf eine vielleicht doch vorhandene Verlegenheit zurück und fragte ihn, wie alt sie sei. Auch das wußte er nicht. Ebenso wollte er mir über ihren Beruf oder über ihre Schule keinerlei Auskunft geben. Auch wo sie wohnte, wollte er mir nicht sagen. »Also, mein lieber Siegfried, ich bin sehr gekränkt«, sagte ich dann, »du hältst mich offensichtlich für einen alten Narren, dem du alles erzählen kannst.« Schon dachte ich, daß meine Worte auf den Buben recht wenig Eindruck gemacht hätten, da er dasaß und auf meinen Vorwurf nicht zu reagieren schien. Plötzlich sagte er:

»Sie wohnt im Teich.«

»Im Teich?«

»Ja, im Teich wohnt die Teichjungfrau, und auf die warte ich.« Ich wußte nicht, was ich darauf erwidern sollte. Siegfried merkte, daß ich ratlos war. »Schau«, sagte er, »ich kann ja nichts dafür, wenn du's mir auch nicht glaubst, aber ich wart' wirklich auf die Teichjungfrau. Die hat grüne Haare und ganz schwarze Augen.«

»Aber, lieber Freund, abgesehen davon, daß du ja groß genug bist, um zu wissen, daß es keine Teich-, Meer- und Seejungfrauen gibt, was soll denn in diesem Tümpel für eine Teichjungfrau wohnen?

Und wo, mein lieber Freund, wohnt sie, wenn im Sommer das Wasser austrocknet?«

Siegfried beharrte auf seiner Behauptung. »Im Teich ist eine Jungfrau, und im Sommer wird sie mit mir mitkommen.«

Einerseits war ich beruhigt, da Siegfrieds Schwärmerei für eine vermeintliche Teichjungfrau seinem Vater wieder den Frieden geben würde; dennoch war ich in großer Sorge; ein zwölfjähriger Bub, der an eine Teichjungfrau glaubte und nächtelang auf sie wartete!

»Wird sie heute kommen?« fragte ich ihn.

Er schaute eine Zeit angestrengt in das Wasser, in dem sich noch immer der Mond spiegelte, dann stand er auf.

»Gehen wir«, sagte er. »Morgen ist Vollmond, da wird sie sicher da sein. Aber da mußt du mich allein gehen lassen. Heute haben wir sie sicher verscheucht.«

Ich versprach ihm, sein Stelldichein mit der Teichjungfrau nächste Nacht nicht zu stören, und wir gingen langsam und schweigend nach Hause.

Nächsten Tag, nachdem Siegfried in die Schule gegangen war, das letztemal vor Ostern, erzählte ich seinen Eltern von meinem nächtlichen Gespräch mit ihm. Sie waren sehr erleichtert. Mit einem Schlag hatte sich die Stimmung im Hause gebessert. Der Tag verlief unbeschwert und harmonisch, wie ich es gewohnt war in diesem Haus. Abends wurde nach dem Nachtmahl noch gespielt. Rummy – zu dritt. Langweilig, aber beruhigend.

Siegfried hatte sich unter dem Vorwand, müde zu sein, schon entfernt und saß, als wir an diesem Abend ziemlich spät schlafen gingen, sicher schon am Teich und träumte von seiner Jungfrau, von der er hoffte, sie würde im Licht des Vollmondes inmitten der schnarrenden Frösche und Kröten aus dem Teich zu ihm aufsteigen.

Der hellen Mondnacht folgte ein stürmischer, nasser Morgen. Der Himmel war grau.

»Das ist wirklich zu dumm«, sagte mein Freund recht ungehalten zu seiner Frau, als ich das Wohnzimmer betrat, »da sitzt der Bub die ganze Nacht beim Teich und jetzt ist er nicht wachzukriegen.«

»Laß ihn schlafen«, sagte ich, »heute hat er ja ohnehin keine Schule mehr.«

Es wurde neun Uhr, wir hatten schon gefrühstückt, und Siegfried war noch immer nicht zu sehen. Sein Zimmer war verschlossen. Wir wurden unruhig. Siegfrieds Vater stieg auf einer Leiter zum Fenster des Buben. Das Zimmer war leer.

Zu dritt setzten wir uns ins Auto und fuhren den Weg hinauf zum kleinen Wald und weiter bis an die Stelle, wo der schmale Pfad zum Teich abzweigte.

Ich lief voraus. Siegfried lag – den Kopf im Teich – im kurzen, nassen Gras. Über seinen leblosen Körper krochen die Kröten. Er hatte seinen Arm weit von sich gestreckt. Hastig versuchten wir mit Stöcken, die wir von den Sträuchern brachen, Siegfrieds Körper von den Kröten zu befreien, die zu zweit und zu dritt auf ihm klebten. Als wir ihn dann mit vereinten Kräften über die Wiese zum Auto trugen, entdeckten wir erst, daß auch in seinem weit geöffneten kalten Mund eine Kröte steckte. Nur mit viel Mühe gelang es mir, das Tier zwischen den Zähnen des Knaben herauszuzerren.

Voll Zorn schleuderte ich sie auf den Weg. Sie platzte und zog ungelenk an ihren gelblichen Eingeweiden.

Prometheus Vollmann

Prometheus Vollmann saß im Garten seines kleinen Einfamilienhauses auf der Holzbank neben dem Hühnerstall. Seit drei Monaten verbrachte er, sofern das Wetter es zuließ, jeden Nachmittag auf dieser Bank. Er kannte die Laute der Hühner, die er morgens fütterte und denen er zweimal am Tag frisches Wasser gab, und er wußte auch schon, in welchem Strauch der unregelmäßigen Zaunhecke gegen Abend die Amseln zu singen begannen. In den drei Monaten hatte sich alles, was es im kleinen Garten zu sehen gab, tief in sein Hirn eingeprägt: Die Mülltonne neben dem Gartentor, der frischgekalkte Hühnerstall und die abgebröckelten Stufen zum engen Haustor, in dem er anfangs so oft mit seiner Krücke hängengeblieben war.

Er lehnte sich zurück, zog seine Brieftasche aus dem Rock und holte das schon ziemlich abgegriffene Dankschreiben der Österreichischen Post- und Telegraphenverwaltung hervor, das man ihm anläßlich seiner vorzeitigen Versetzung in den Ruhestand zugeschickt hatte. Die Worte »bedauerlicherweise« und »vorbildliche Pflichterfüllung« las er mehrere Male, dann legte er das Papier wieder sorgfältig zusammen und schob es zurück in die Brieftasche.

Prometheus Vollmann war müde, wie jeden Dienstag nachmittag. Am Dienstag jeder Woche hatte er sich schon früh im Ambulatorium der Krankenkasse einzufinden, wo man seine gelähmte rechte Seite – bei der Errichtung eines Mastes war er in den Stromkreis geraten – einer ebenso lieb- wie nutzlosen Elektrobehandlung unterzog. Und dennoch war dieser Behandlungstag mit der Obusfahrt, dem Gang durch die Straßen, den Menschen im Warteraum des Ambulatoriums, dem Lautsprecher, durch den die Patienten in die Ordinationsräume gerufen wurden, und den einsilbigen Anweisungen durch den behandelnden Arzt für Prometheus zum Höhepunkt der Woche geworden. Denn alle seine freudigen Erwartungen, die er vor seiner Pensionierung hatte, schienen sich nicht zu erfüllen. Trotz seiner halbseitigen Lähmung hatte er die Aussicht, von seinem 46. Lebensjahr an nicht mehr arbeiten zu können, anfangs weniger als Verhängnis, sondern eher als glückliche Fügung gewertet. Er wollte lesen, seine Kollegen regelmäßig besuchen und, soweit es seine herabgesetzte Gehfähigkeit zuließ, auch auf den ebenen Wegen seiner Siedlung spazierengehen. Vom ersten Tag seiner Pensionierung an hatte jedoch ein merkwürdiger Rhythmus kleiner Verpflichtungen von ihm Besitz ergriffen. Gartengießen, Hühnerstall öffnen, Füttern, Wasserwechseln, das waren Tätigkeiten, die früher immer seine Frau verrichtet hatte. Doch seit seine Einkünfte auf die kleine Arbeitsunfähigenpension beschränkt blieben, hatte die Frau mehrere Bedienungen angenommen, verließ das Haus früh am Morgen und kam meist erst abends wieder. Das Mittagessen für Prometheus stand im Backrohr. Und es war weniger die Geschmacklosigkeit der Schinkennudeln oder des Reisauflaufs, die ihn ärgerte, als die lustlose Einsamkeit, die ihm am Essen jegliche Freude raubte, so daß er an einer Ration oft zwei und drei Tage aß.

Diesen Dienstag hatte sich Prometheus Vollmann überhaupt gleich auf die Bank gesetzt und auf das Mittagessen verzichtet. Er dachte noch an das Dankschreiben, an seine Kollegen, die nun, wie jeden Nachmittag, im Stammwirtshaus sitzen würden und die zu besuchen er sich aus einer gewissen inneren Unsicherheit nicht traute. Außerdem hatte ihn ja auch keiner besucht in den drei Monaten, die er nun schon in Pension war.

Er hob einen Stein auf und warf ihn in die Richtung, in der die Mülltonne stand. Er verfehlte sie. Der Stein fiel in die Hecke. Er versuchte es noch einmal, doch wieder ohne Glück. Erst beim sechsten Wurf traf er. Das hohle Dröhnen aber, das Prometheus Vollmann sich erwartet hatte, blieb aus. Die Mülltonne war voll. Es war nur ein kurzes, stumpfes Klicken zu hören; das ließ ihn unbefriedigt.

Eine Zeitlang saß er reglos da; später begann er mit seiner Krücke Figuren in den weichen Boden zu zeichnen. Zuerst nur Striche, dann Kreise, später eine Mülltonne, daneben ein langes Trapez, wie der Deckel eines Sarges, rundherum viele kleine Punkte, messerartige Pfeile. Schließlich bohrte sich die Krücke in einer Vertiefung fest, aus der Prometheus mit viel Mühe und Ausdauer einen großen Stein und fünf kleine grub. Er legte die sechs Steine, kreisartig angeordnet, den größten in der Mitte, vor sich hin.

Eine Stimme am Gartentor ersparte ihm die Entscheidung, ob er die mühsam aus der Erde gegrabenen sechs Steine wieder gegen die Mülltonne werfen sollte. Es war »der Harald«, der kleine Bub vom Nebenhaus, der jeden Nachmittag vorbeikam, um nach dem gelähmten, kleinen Kücken zu sehen, das abgesondert von den anderen Hühnern in der Wiese neben der Holzbank lag. Prometheus erhob sich, stellte still fest, daß auch die heutige Behandlung keinerlei Besserung seiner Beweglichkeit herbeigeführt hatte, und öffnete Harald umständlich das Gartentor. In einer Schachtel hatte der Bub einige Regenwürmer und Brotkrumen, die er dem »Putzi«, wie er das gelähmte Kücken rief, vorwarf. Nachdem das »Putzi« die Würmer verzehrt und das Brot verschmäht hatte, machte sich Harald davon. Prometheus saß wieder allein auf seiner Holzbank und beobachtete nun aufmerksam das mit abgestrecktem rechtem Flügel hilflos auf der Wiese liegende Tier. Seine Frau hatte zwanzig Kücken gekauft und sie unter der Brutlampe aufgezogen. Erst vor zwei Wochen hörte das eine auf zu laufen und schleppte sich, unsicher flatternd, in eine Ecke, in der es vor den übrigen Hühnern sicher war. Vor allem die alten Hühner hackten auf das hilflose Tier, sobald sie an ihm vorbeikamen, mit harten Schnabelhieben ein. Daher hatten sie es nun seit längerem schon aus dem Gehege heraus auf die Wiese gelegt, wo es einen Tag um den anderen verbrachte, und erst spät, wenn die anderen schon schliefen, wurde es von Frau Vollmann, wenn sie abends nach Hause kam, vorsichtig in den Stall geschoben.

Prometheus saß lange da, bevor er den ersten Stein, den aus der Mitte des Kreises, aufhob und mit aller Kraft, die er in seinem linken Arm hatte, gegen das gelähmte Huhn schleuderte. Doch er traf nicht; der Stein schlug gegen die weiße Mauer des Hühnerstalles, prallte ab, fiel ins Gras, wo er schmutziggrau und plump, wie das gelähmte Kücken, liegen blieb. Er versuchte sein Geschoß mit der Krücke aus der Wiese zu angeln. Dabei streifte er das Huhn, das ungeschickt und ohne zu schreien zu fliehen versuchte. Nie hätte Prometheus Vollmann gedacht, daß der Körper eines Huhnes seiner Krücke so wenig Widerstand bieten würde. Das Gefieder des Tieres fühlte sich durch die Krücke so weich an, als könnte man ohne große Kraftanstrengung seinen Körper durchdringen und es festheften an der Stelle unter dem Kirschbaum, wo es seit zwei Wochen tagsüber allein lag.

Doch Prometheus ließ ab vom Huhn, das ihn, wie er meinte, erstaunt anblickte, und bemühte sich weiter um seinen Stein. Der aber rutschte immer wieder vom Gummistumpf der Krücke ab, bis er ihn endlich, nach vielen vergeblichen Versuchen, mit der ledernen Armstütze an sich brachte. Eine Zeitlang hielt Prometheus den Stein in seiner linken Hand. Dann stand er auf, ebenso schwer wie zuvor, als er Harald das Gartentor geöffnet hatte, und ging zum

Hühnerstall, öffnete das aus Holz und Draht grob zusammengenagelte Gatter zum zerscharrten Wiesenstück und trieb die Hühner hinaus in den Garten.

Er setzte sich wieder auf seine Bank und beobachtete die Tiere. Sie standen verdutzt da, stießen langgedehnte Laute aus und begannen nur zögernd im Rasen zu picken. Mit seiner Krücke versuchte er die großen Hühner, die zu seinem Ärger vom gelähmten Tier zur anderen Seite des Gartens strebten, in dessen Nähe zu jagen. Doch die Versuche mißlangen. Prometheus schien es, als fürchteten ihn die Hühner. Er richtete sich auf, zum drittenmal an diesem Nachmittag, ging umständlich um das Haus, so daß er den widerspenstigen Tieren am anderen Gartenende entgegenkam. Mühelos trieb er sie zu seiner Bank und unter den Kirschbaum. Eine angenehme Erregung erfaßte ihn; mit Ungeduld erwartete er den Augenblick, in dem das erste Huhn auf das lahme kleine loshacken würde. Schon bemerkte er die ängstliche Unruhe des kranken Tieres. Es schlug mit seinem linken Flügel und mühte sich, seinen Platz im Rasen zu verlassen. Dann und wann stieß es einen kurzen, spitzen Schrei aus.

Prometheus lehnte an der Hauswand und sah gespannt auf die übrigen Hühner, die sich zu seiner Unzufriedenheit um das schreiende Junge nicht zu kümmern schienen. Dieses schleppte sich hilflos im kleinen Kreis um seinen Liegeplatz. Die anderen aber waren ganz mit der Eroberung und dem Zerscharren des Rasens beschäftigt. Sie hackten nach Würmern und Gräsern, nach Haralds Brotkrumen, auf denen das lahme Tier aufgeregt herumflatterte, und nach Regenwürmern, stritten sich um die Bissen, begannen einander nachzulaufen und sich in Richtung Mülltonne und Gartentor zu zerstreuen.

Eine halbe Stunde war vielleicht vergangen, seit Prometheus begonnen hatte, die Tötung des gelähmten Huhnes durch seine gesunden Artgenossen einzuleiten. Doch in den zwei Wochen, in denen das kranke Huhn tagsüber allein unter dem Kirschbaum lag, hatten es die übrigen vergessen. Es schien ihnen nicht mehr tötenswert. Prometheus Vollmann wurde ungeduldig. Mit seinem gesunden linken Arm stieß er sich von der Mauer, an der er gelehnt war, ab, nahm die Krücke, ging wieder um das Haus, hin zum Gartentor und scheuchte die Hühner nochmals zurück unter den Kirschbaum. Bei der Mülltonne blieb er stehen und hielt sich mit der linken Hand an dieser fest. Mit der rechten schwang er sausend seine Krücke durch die Luft. »Gschsch, gschsch«, zischte er. Die Hühner stieben in die gewünschte Richtung, eines sogar zurück in den Verschlag, und, was Vollmann besonders beunruhigte, ein kleines, das seine Frau zugleich mit dem lahmen gekauft hatte, schlüpfte durch die Drahtmaschen des heckenumwachsenen Zaunes hinaus auf die Straße. Ernüchtert über den unplanmäßigen Verlauf seines Experimentes hinkte Prometheus vor das Gartentor und versuchte voll Zorn, das kleine Huhn auf seinen Grund zurückzuscheuchen. Doch es lief den Zaun entlang immer weiter die staubige Straße hinauf. Mühsam hinkte Prometheus hinterher. Er wußte zwar, daß seine Versuche, das Tier wieder zu fangen, aussichtslos waren, doch ein eigenartiger Instinkt, eine Art von Pflichtbewußtsein hielt ihn jedoch an, dem kleinen Huhn in immer größer werdendem Abstand zu folgen. Als er sich einmal zufällig umdrehte, entdeckte er mit Schrecken, daß er das Gartentor offengelassen hatte und daher alle übrigen Tiere, bis auf das lahme, ebenfalls ohne Schwierigkeit auf die Straße gelangen konnten. Er kehrte um und hinkte zurück, um das Gartentor zu schließen. Erleichtert stellte er fest, daß sich die Hühner im hinteren Teil des Gartens befanden. Er hörte die spitzen Schreie des lahmen Tieres. Die Furcht war noch immer nicht von ihm gewichen. Als er wieder Ausschau nach dem entlaufenen hielt, bemerkte er, daß es von selbst, an den Gräsern auf dem Wegrand pickend, langsam wieder näher kam. Er lehnte sich an das Gartentor und wartete. Doch seine Hoffnung, es würde von selbst wieder zurück in den Garten kommen, erfüllte sich nicht. Bald machte das Tier ein paar Schritte weg, bald ein paar auf ihn zu. Der Abstand blieb lange Zeit gleich, und Prometheus fürchtete, daß es ein vorbeifahrendes Auto, wenn es schon nicht überfahren, so doch in vollends unerreichbare Entfernung verscheuchen könnte.

Plötzlich entdeckte er Harald, der mit einem Ball die Straße entlangkam. Er rief den Buben. Im Nu hatte dieser das Huhn in den Garten gejagt. Danach sah Harald zum zweitenmal an diesem Nachmittag nach dem gelähmten Tier. Gerührt durch dessen Schreie hob er es auf und versuchte es zärtlich zu beruhigen. Dann ließ er es wieder behutsam hinunter auf den Rasen, trug Prometheus auf, es vor den frei im Garten herumlaufenden anderen zu schützen, nahm seinen Ball, schlug mit ihm einige Male gegen die Hauswand und, bevor er Prometheus Vollmanns Garten verließ, noch einmal gegen den vollen Mistkübel.

Prometheus war sehr müde, er setzte sich wieder auf seine Bank, stellte die Krücken neben sich und rastete. Die Hühner hatten sich im ganzen Garten verstreut, einige standen auf den Salatbeeten, zwei waren schon im Stall, und in der Hecke um den grobmaschigen Drahtzaun hörte er eine Amsel singen. Doch die Müdigkeit vermochte seine innere Unruhe nicht zu besiegen. Ruhig lag das gelähmte Tier nun in seiner Nähe. Er schaute auf die Figuren, die er mit seiner Krücke am frühen Nachmittag in den Boden gezeichnet hatte, und auf das Loch, aus dem er die Steine gegraben hatte. Sie lagen noch immer kreisförmig geordnet da. Nur der große mittlere fehlte.

Prometheus war unwillig. Er konnte sich die Friedfertigkeit der Hühner, die anfangs doch alle auf das gelähmte losgehackt hatten, nicht erklären. Am lahmen rechten Flügel des kranken Tieres entdeckte er einige kahle Stellen, an denen aus der wundroten Haut nur einige schmutzige, graue Federkiele herausstanden. Als er sich, gestützt auf seine Krücke, seitlich vorbeugte, um weitere Veränderungen feststellen zu können, sah er kleine dunkle Ränder unter den kahlen Stellen, von denen er nicht wußte, ob sie vom Ungeziefer oder von einer Verwundung stammten. Auch das übrige Gefieder schien ihm krankhaft verändert. Es war feucht und klebrig, vor allem am Hals standen die Federn struppig wie Borsten nach allen Seiten ab. Ob so ein Tier etwas vom Leben hat, fragte sich Prometheus im stillen; ob es nicht dauernd Schmerzen aussteht. Bei der Vorstellung, wie sehr die dunklen Ränder an den kahlen Stellen des rechten Flügels brennen müßten, wuchs seine Unruhe. Wenn es Ameisen sind, dachte Prometheus, werden sie unablässig ihre scharfe Säure ausspritzen, hinein in die großen Poren der geröteten Haut. Wenn es aber Blut ist – und er beugte sich noch weiter vor –, dann wird die Wunde nie heilen, sondern immer tiefer und immer schmerzhafter werden; Gras, Erde, kleine Steine und sicher auch Ungeziefer werden eindringen und in der Nacht der scharfe Kot der übrigen Hühner.

Rasch lehnte sich Prometheus zurück. Beinahe wäre er umgekippt und nach vorne gefallen. Er dachte nach. Seine Gedanken waren von einer unwirklichen, für ihn ganz ungewohnten Beweglichkeit. Wenn die dunklen Stellen vom Ungeziefer stammten, so hätten es die großen Hühner sicher heruntergepickt. Wahrscheinlicher schien Prometheus, daß Blut am lahmen Flügel klebte. Er nahm sich vor, nichts anderes zu tun, als nachzusehen, woher die Veränderung am rechten Flügel des Tieres rührte. Er erhob sich und ging einige Schritte auf das Tier zu. Mühsam bückte er sich über das zu seiner Überraschung reglos bleibende Huhn und sah, daß beide seiner Annahmen richtig waren. Eine breite Wunde zog sich über den unteren Teil des Flügels, mit der dieser auf dem Erdboden auflag. In der Wunde saßen einige kleine Ameisen. Sie bewegten sich nur langsam.

Er fühlte in sich das Verlangen, die Ameisen mit seinen Nägeln aus der Wunde zu kratzen. Langsam und umständlich kniete er sich in das Gras und legte seine Krücke bedächtig neben sich unter den Kirschbaum. Als er seine rechte Hand nach dem lahmen Flügel ausstrecken wollte, stellte er verärgert fest, daß er nicht wagte, das Tier anzugreifen. Er wartete eine Weile und richtete sich mühsam wieder auf. Die Anstrengung und die Erregung nahmen ihm den Atem. Er klammerte die Krücke fest unter seinen rechten Ellbogen und rastete. Seiner Ansicht nach hätte das Tier mit einer solchen Wunde ununterbrochen schreien müssen. Es lag aber noch immer stumm da und zuckte nur von Zeit zu Zeit mit dem Kopf.

Als Prometheus sich erholt hatte, lehnte er sich an den Kirschbaum. Er wollte das lahme Tier schreien hören, wie es zuvor geschrien hatte, als die großen Hühner in seiner Nähe waren. Ganz sacht strich er mit dem Gummistumpf der Krücke über den schmutziggrauen Rücken des kleinen Huhnes. Unter den schütteren Federn fühlte er die Knochen. Das Tier gab keinen Laut von sich. Nochmals strich er über den knochigen Rücken. Doch das Tier blieb wieder stumm. Seine Bewegungen wurden immer unsicherer. Beim drittenmal entglitt ihm die Krücke und fiel unmittelbar neben dem Huhn ins Gras. Da stieß es einen spitzen Schrei aus, wie er es sich gewünscht hatte, und versuchte, sich von seinem Platz wegzuschleppen. Mühsam grub es seinen wunden Flügel in den Boden und bewegte sich einige Zentimeter von seinem Platz, während Prometheus Vollmann sich umständlich an den glatten Kirschbaumstamm klammerte, als er sich niederließ und nach seiner Krücke griff. Bald war Prometheus wieder hinter dem schreienden Huhn. Zu seiner Überraschung hatte es sich mittlerweile ungewöhnlich schnell vom Kirschbaum entfernt und schleppte sich zum Hühnerstall. Prometheus war zu unruhig, er fühlte sich zu unsicher, als daß er gewagt hätte, in diesem Augenblick auf die Stütze der Krücke zu verzichten und mit ihr auf das Tier zu schlagen. Er lehnte sich vielmehr an die kalkweiße Mauer des Stalles und wartete auf das Tier. Dieses aber änderte seine Richtung und bewegte sich mit einer Ausdauer, die Prometheus nie für möglich gehalten hätte, von ihm weg in die andere Richtung, hin zur Zaunhecke, durch die ihm zuvor das eine Huhn entschlüpft war und in der nun die Amsel sang.

Der Zorn beschleunigte seine Schritte. Bald war er wieder neben dem Huhn, das mit unverdrossener Ausdauer vor ihm her immer weiter dem Zaun zukroch. Als er kurz aufblickte, sah er, daß er schon beim Gartentor war; hier, wo es alle sehen könnten, durfte er ihm nichts tun. Mit großer Anstrengung gelang es ihm schließlich, dem immer lauter schreienden Tier den Weg zur Hecke abzuschneiden und es zur Umkehr zu zwingen. Es schrie so laut, daß er befürchten mußte, die Nachbarn könnten aufmerksam werden. Er überlegte, wie er das Huhn zum Schweigen bringen könnte. Wild flatternd, viele verklebte Federn hinter sich lassend, schleppte es sich über den Weg, über die Figuren und Kerben, die Prometheus zuvor in das Erdreich gegraben hatte, zurück unter den Kirschbaum. Die Schreie wurden immer lauter, wenn sie auch schon etwas heiser klangen.

Prometheus bekam Angst. Was sollte er den Nachbarn antworten, wenn sie kämen und fragten, was passiert sei? Oder, wenn am Ende gar gerade heute einer seiner einstigen Kollegen nach ihm sehen würde? Wie sollte er seine Erregung verbergen und die verzweifelten Schreie des Tieres erklären? Er schaute sich um; erleichtert stellte er fest, daß er nun vom Weg nicht mehr zu sehen war. Mit einer Leichtigkeit, die er seit seinem Unfall nie mehr verspürt hatte, warf er sich in das Gras und griff mit der linken Hand entschlossen nach dem struppigen Hals des Tieres. Er erschrak. Er hatte noch nie ein Huhn mit der Hand berührt und nicht gewußt, daß der Körper eines Huhnes so heiß ist; er fühlte an der knochigen Kehle das Blut in hastigen Schlägen durch die Halsschlagader fließen. Das Huhn schrie wieder. Er drückte fester, bis es schwieg. Das plötzliche Stillschweigen erschreckte ihn wieder. Er ließ vom Hals des Tieres ab. Im selben Augenblick glitt es laut schreiend weiter. Im Rasen unter dem Kirschbaum entspann sich ein verzweifelter Zweikampf.

Prometheus kroch hinter dem Huhn her und langte nach dessen Hals. Es entschlüpfte ihm. Erst beim zweiten Versuch fühlte er an der Halsschlagader wieder das schnell schlagende Herz und preßte die Kehle des Huhnes, so fest er konnte, zusammen. Nach einer Weile öffnete es den Schnabel und stieß einen pfauchenden Laut aus. Dann war es still. Prometheus glaubte, daß es tot war. Kaum löste er jedoch seine Hand vom Hals des Tieres, begann es zu zucken, sich immer entschlossener zu bewegen, und schließlich gab es auch wieder die spitzen Schreie von sich.

Prometheus griff wieder nach dem Tier. Die anfängliche Scheu, es zu berühren, war von ihm gewichen. Er umklammerte den Hals nicht mehr so fest wie früher, sondern gerade nur so stark, daß es nicht schreien konnte. Aufmerksam fühlte er den raschen Puls. Später drückte er etwas fester, bis er sah, wie sich der erdige Schnabel öffnete, und er das pfauchende Geräusch wieder hörte. Auch das wilde Flattern des einen Flügels und das Scharren des einen, nicht lahmen Beines störten ihn nicht mehr. Er klemmte den kleinen Körper unter seinen Ellbogen und blieb so eine Weile in seltsamer Umarmung mit dem Tier auf dem Rasen liegen. Bald hörte er das Pfauchen des Huhnes in seinem Arm, bald das Singen der Amsel in der Zaunhecke, bald die trägen Laute der übrigen Hühner im Garten. Bedächtig schaute Prometheus auf den wunden Flügel, der schlaff unter seinem Ellbogen hervorhing. Er legte sich im Gras auf die Seite. Umständlich näherte er den lahmen Flügel seiner gefühllosen rechten Hand und rieb die Wunde, von der die Ameisen durch die heftigen Bewegungen abgefallen waren, an seinen Fingern. Mit Befriedigung stellte er im Körper des Huhnes ein Zucken fest. Schließlich löste er seine Hand vom Hals des Tieres und wartete, bis es wieder zu Kräften kam. Die Bewegungen wurden erst nach geraumer Weile kräftiger, das Huhn schien sehr erschöpft zu sein. Er wagte es für kurze Zeit loszulassen, legte sich auf den Bauch und hielt es durch das Gewicht seines rechten Armes nieder. Mit der linken Hand griff er bald nach dem Hals des Tieres, bald kratzte er mit dem Nagel des Zeigefingers in der Wunde am Flügel. Gemächlich riß er ihm einen nackten Federkiel aus und steckte einen steifen Grashalm in die entzundene große Hautöffnung. Das Huhn schrie nur noch selten und kurz. Öfters fühlte er am Hals den Puls, um festzustellen, ob es noch lebte.

Prometheus empfand bei all diesen Handlungen eine erregende Behaglichkeit. Das Huhn war mittlerweile schwach genug, daß man es ruhig eine Zeitlang, ohne es zu halten, liegen lassen konnte; bedächtig holte Prometheus sein Taschenmesser aus dem Hosensack und klappte die kleine spitze Klinge auf. Dann griff er wieder ruhig nach dem zuckenden Körper und überlegte, an welcher Stelle er die Klinge ansetzen sollte. Er wußte, daß seine Frau den Hühnern stets den Hals durchschnitt. Das ginge am schnellsten, hatte sie ihm erklärt. Prometheus stach in den Bauch. Mit einem dumpfen Geräusch glitt die Klinge dem Huhn in die Gedärme. Als sich die schütteren Federn zu röten begannen, richtete sich Prometheus auf. Er kniete vor dem nun stärker zuckenden Tier, das nur noch schwache Klagelaute ausstieß. Auf den Knien bewegte er sich zu seiner Krücke, die in einiger Entfernung auf der Wiese lag, und richtete sich auf. Eine seltsame Ruhe war über ihn gekommen. Vor seiner Frau, die mit besonderer Fürsorge an dem kranken Tier hing, verspürte er keinerlei Angst. Er setzte sich hin auf seine Bank, schaute lange zur Hecke, in der noch immer die Amsel zu hören war, beobachtete einen Lieferwagen, der die schmale Straße hinauffuhr, bis ihn ein scharrendes Geräusch im Gras neben sich wieder an das verendende Tier erinnerte. Ein großes Huhn hackte mit seinem Schnabel in die Wunde, die er ihm mit dem Taschenmesser am Bauch zugefügt hatte. Prometheus sah zu. Dann erhob er sich und trug es zum Mülleimer. Umständlich öffnete er ihn. Er hob das Huhn, das noch schwach zuckte, am Hals auf und hielt es über den offenen Kübel. Prometheus gab acht, ob er durch die Halsschlagader vielleicht noch einen Herzschlag spürte. Was er fühlte, war sein eigener Puls, der unter den struppigen Halsfedern ruhig und regelmäßig durch seine Finger floß. Nachdem er das Tier in den vollen Kübel gestopft hatte, spürte Prometheus keine Pulsschläge mehr in seiner linken Hand. Er ging wieder zurück zur Bank und wartete, bis seine Frau nach Hause kam.

Er erzählte ihr, daß ihm die Hühner, als er das Wasser wechseln wollte, aus dem Verschlag gelaufen seien und das lahme kleine mit wütenden Schnabelhieben getötet hätten. Frau Vollmann klagte kurz und ging in die Küche, wo sie mit Genugtuung feststellte, daß sie für ihren Mann nichts vorzukochen brauchte. Das Mittagessen stand noch unberührt im Backrohr.

Prometheus ging an diesem Abend bald in sein Zimmer. Bevor er einschlief, las er noch ein wenig. Er träumte von Harald und vielen Amseln, die laut singend aus der Mülltonne schwärmten. Und vom lahmen Huhn, das langsam an der Krücke, die am Sessel neben seinem Bett lehnte, mühsam, Zentimeter für Zentimeter, emporkroch und aus dessen wundem Flügel spitze Messerklingen wuchsen, wie er sie mit seiner Krücke in den Boden gezeichnet hatte. Er sah, wie das Huhn auf seinen Polster sprang und fühlte es auf seinem Hals. Prometheus rang nach Luft. Da hob sich das Huhn kurz und spreizte seinen lahmen Flügel über sein Gesicht. Prometheus schlug um sich und deckte sich ab. Da erhob es sich, ließ sich hinab auf Prometheus Vollmanns Bauch und zerschnitt ihm mit den Messern am Flügel das Gesicht, den Hals und die Brust. Dann hackte es mit seinem scharfen Schnabel eine tiefe Wunde in den Bauch des Prometheus. Er schrie laut auf. Unruhig grub er seine Nägel in die blutigen Furchen, die das Huhn mit seinem Flügel in seinen Körper gekerbt hatte, immer tiefer und tiefer, als wollte er sich mit aller Gewalt aus dem bösen Traum reißen, der ihn quälte. Doch auch als Prometheus mit seiner linken Hand tief in der Öffnung wühlte, die das Huhn in seinen Leib gehackt hatte, gelang es ihm nicht, sich zu wecken. Wild zerrte er am knochigen Leib des Tieres, das unablässig auf ihn einschlug. Nach und nach wurden seine Versuche, sich zu befreien, schwächer, und das Huhn bewegte sich langsam zum Rand des Bettes, von wo es sich mit dumpfem Aufschlag auf den Boden fallen ließ.

Als am Nachmittag des nächsten Tages Harald wie gewöhnlich sein »Putzi« füttern wollte, zögerte er lange, bevor er durch das weit offenstehende Tor in Herrn Vollmanns Garten trat. Er suchte nach dem lahmen Huhn. Da er es nirgends entdeckte, setzte er sich auf die Holzbank und stellte die Schachtel mit den Würmern und Brotkrumen neben sich. Er wartete. Mit den Füßen verscharrte er die Figuren, die Prometheus mit seiner Krücke in den Sand gezeichnet hatte. Von Frau Vollmann, die nach einiger Zeit langsam die abgebröckelten Stufen hinunter in den Garten kam, erfuhr er, ihr Mann sei fortgegangen und habe das kleine, lahme Huhn mitgenommen, und beide würden nie mehr wiederkommen. Als sie wieder im Haus war, erhob sich Harald von der Bank und steckte den Inhalt seiner Schachtel in den vollen Misteimer neben dem offenen Gartentor. Als er nach Hause ging, erinnerte er sich an das entlaufene Huhn, das er Herrn Vollmann am Vortag fangen half.

Florian Mephilop

Florian Mephilop saß draußen. Draußen war für Florian Mephilop eine betonierte Grube unter dem Gehsteig entlang des Bahnhofgebäudes. Florian Mephilop war beruhigt. Das kleine Stück Himmel über dem Gitter, das seine Grube nach oben hin abschloß, war blau. Die Luft war gut. Aus den beiden großen Kanalrohren, die das Regenwasser und den schmelzenden Schnee vom Boden der Grube nach rechts und links ableiteten, drang kein Gestank.

»Heute bleibt es schön«, dachte Florian Mephilop. Er brauchte keine Watte. In einer alten Pillenschachtel trug er immer vier kleine Wattebällchen bei sich, zwei für die Nase, für Tage, an denen es aus den Kanalrohren stank, und zwei für die Ohren. Die brauchte er drinnen. Drinnen war für Florian Mephilop ein dämmriger, niedriger Magazinraum, den eine kleine vergitterte Tür von der betonierten Grube trennte. Da herrschte meistens Durchzug. Gegen den schützte sich Mephilop durch die Wattebällchen in den Ohren. In diesen Gruben entlang des Bahnhofgebäudes und in diesen niedrigen Räumen wohnte sonst niemand. Die Magazine waren vollgepfercht mit großen Paketen und Kisten, die durch die Gruben ein- und ausgeladen wurden. Florian Mephilop konnte dort wohnen. Er konnte aufrecht in der Grube stehen und stieß nicht an das Gitter. Er konnte aufrecht durch die schmale Eisentür in seine Behausung gehen. Er hatte keine Beine mehr. Wenn er gehen wollte, band er sich zwei Lederpölsterchen auf seine Stümpfe und bewegte sich, gestützt auf zwei kurze Stöcke, in seinem Bau sehr geschickt. Wenn er saß, entfernte er die Lederpölsterchen von den Stümpfen. Die ledernen Pölsterchen brannten ihm stark auf den immer ein wenig nässenden Narben. Nur wenn Mephilop draußen saß, wartete er mit dem »Schuheausziehen«. Zuvor mußte er sich sicher fühlen: Der Kanal durfte nicht stinken, der Himmel mußte blau sein. Dann untersuchte Mephilop aufmerksam den Boden der Grube. Fluchend stellte er oft Erbrochenes fest, oder eingetrockneten Urin oder gar Kot. Da hieß es für Florian Mephilop wieder kehrt machen, Wasser holen und die Grube waschen.

Diesen Vormittag war Florian Mephilop mit dem Zustand der Grube zufrieden. Er fand nur eine alte Zeitung. Ihn interessierte jedes Papier. Manchmal lag auch ein Brief oder eine Ansichtskarte, die der Briefträger durch das Gitter geworfen hatte, in seiner Grube.

Durch das Gitter erhielt er nicht nur die Post und seine monatliche Rente. So versorgten ihn auch ehemalige Kollegen von der Eisenbahn mit Lebensmitteln. An einem Gitterstab hing immer eine Schnur. An die band Florian Mephilop einen Zettel mit seinen Wünschen. Von Zeit zu Zeit zog einer seiner früheren Kollegen die Schnur hoch und besorgte ihm das Gewünschte. Dieses System hatte sich acht Jahre bewährt. In letzter Zeit aber waren viele seiner Kollegen in Pension gegangen. Sie hatten Mephilop der Barmherzigkeit ihrer Nachfolger empfohlen, doch die hatten oft wenig Zeit und vergaßen leicht. So kam es vor, daß Mephilops Zettel viele Tage unbeachtet an seiner Schnur hing. Die Tage, an denen Florian Mephilop ohne Zigaretten und ohne Wurstsemmeln blieb, häuften sich. Er mußte vorbeigehenden Passanten zurufen: »Hallo! Hallo!« Meistens waren es dann Kinder, die stehenblieben. Sie kauften für Mephilop ein. Er gab ihnen Trinkgeld dafür.

»Die Kinder«, dachte Mephilop, »die Kinder.« In der Hand hielt er die Zeitung und horchte. Die Kinder waren nicht seine Freunde, er hatte Angst vor ihnen. Sie brachten ihm zwar manchmal, was er wollte, aber sie quälten ihn. Mephilop sah, daß der Zettel mit seinen Wünschen an der Schnur fehlte. Er wußte nicht, wer ihn entfernt hatte. Einer seiner letzten Kollegen, die noch im Dienst waren? Ein Neuer, den er nicht kannte? Oder die Kinder? Die Grube war rein. Der Himmel war blau. Der Kanal stank nicht. Regen war nicht zu befürchten. Trotzdem wollte Mephilop nicht seine Schuhe ausziehen. Er wollte auf sein Paket warten. Florian Mephilop hockte in einem Winkel seiner Grube und las in der Zeitung. In jeder Zeitung und auf jedem losen Papierfetzen, den er fand, suchte er dasselbe: die Todesanzeigen und eventuelle Änderungen der Rentenbestimmungen. Seit acht Jahren schon hoffte Florian Mephilop auf zwei Dinge: auf den Tod eines gewissen Kajetan Kuntner und auf eine Erhöhung seiner Rente. Zwei Drittel seiner Rente mußte Florian Mephilop jeden Monat an Kajetan Kuntner zahlen. Kajetan Kuntner war Familienvater und seit dem Unfall, den Mephilop vor acht Jahren verschuldet hatte, arbeitsunfähig. Daß er selbst dabei die Beine verloren hatte, das war allen egal, dachte verbittert Florian Mephilop und steckte die Zeitung in die Tasche. Doch Kuntner war nicht gestorben, und die Renten waren nicht erhöht worden. Wenn nur schon die Sachen da wären! Solange er das Paket nicht hatte, wollte er die schmerzenden Lederpölsterchen auf seinen Narben lassen. Die Kinder, die Kinder, man konnte nie wissen.

Reglos lehnte Mephilop in seiner Grube. Er dachte an sein Elend. Er dachte an Julia. An Julia Kuntner, Kajetan Kuntners Gattin. Als es feststand, daß ihr Kajetan für den Rest seines Lebens gelähmt bleiben würde, besuchte sie häufig Florian. Bei den zahlreichen Verhandlungen hatten sie sich kennengelernt. Meistens war sie durch den Keller gekommen. War aber der Eingang zu seiner Kammer von Kisten verstellt, so hob sie am Gehsteig das Gitter hoch und kletterte zu ihrem Florian. »Das waren schöne Zeiten«, dachte Florian. Einmal hatte er sie geschlagen, auf den Rücken, mit seinem kurzen Stock. Sie hatte seine Stümpfe geküßt und ihm dabei die rechte seiner damals noch weit empfindlicheren Narben verletzt. Er hatte vor Schmerzen geschrien, und sie hatte ihn weiter geküßt. Auch als dunkle Blutflecken schon das Leintuch bedeckten. Da hatte er sie geschlagen. Seit damals blieb Julia aus. Sie fehlte ihm sehr. Ihretwegen hatte er das einzige Mal in den acht Jahren seine Kammer verlassen. Er hatte ihr einen Brief geschrieben; den wollte er selbst zur Post tragen. Und sie hatte ihm zurückgeschrieben: Er habe ihre Liebe zerschlagen, er sei ein brutaler Mensch, er sei ihre Opfer nicht wert. Einige Jahre hatte Mephilop den Brief aufbewahrt. Dann steckte er ihn in das rechte große Kanalloch im Boden seiner Grube.

Seither lebte Mephilop ohne Frauen. Er mußte sich mit dem begnügen, was er von ihnen sah, wenn sie über das Gitter gingen. Die Abergläubischen waren ihm am liebsten. Die steigen auf kein Gitter, die springen darüber. Mephilop sah nicht viel. Aber immerhin. Wenn Mephilop draußen saß und Schritte hörte, schaute er gespannt nach oben. Er konnte Frauenschritte von Männerschritten genau unterscheiden.

Er kannte auch die unruhigen Kinderschritte. Mephilop richtete sich auf. Er umklammerte seine beiden Stöcke. Das waren die Kinder. Die Kinder gingen unruhig, und unruhig schlug auch Mephilops Herz. Bald liefen die Kinder ein paar Schritte. Dann blieben sie stehen. Dann gingen sie wieder langsam. Die Schritte näherten sich dem Gitter. In seinen brennenden Stümpfen spürte Mephilop sein Herz schlagen. Er hörte ein Flüstern. Ein Fußpaar kam leise, aber für den geübten Mephilop gut vernehmbar, ganz nahe an das Gitter heran. Er wollte warten, bis Sohlen sichtbar würden. Doch die Schritte entfernten sich wieder. Mephilop war unruhig. Sollte er hineingehen? Die niedere, mit schweren Eisenstäben vergitterte Glastür war angelehnt. »Die Kinder, die Kinder«, dachte Mephilop.

Wieder hörte er Schritte. Frauenschritte. Er wollte bleiben. Er sah wenig. Bald danach kam ein Mann. Vielleicht hatte er für ihn eingekauft. Plumpe Gummisohlen gingen über Mephilops Gitter. Vielleicht kommen die Mädchen, dachte er. Die Mädchen, das waren einige minderjährige Schülerinnen, die ober seinem Gitter oft auf den Autobus warteten. Er schaute auf die Uhr. Halb zwölf. In einer Stunde könnten sie da sein. Für kurze Zeit vergaß Mephilop seine Angst, die er vor den Kindern hatte. Er träumte.

Da schlug die Tür, die nach drinnen führte, zu. Mephilop fuhr zusammen. Noch nie hatte es in seinen Stümpfen so gepocht. Vor vier Jahren war ihm die Tür zugefallen. Sie ließ sich von außen nicht öffnen. Die Magazine waren einbruchsicher. Er mußte um Hilfe rufen. Mephilop schaute durch das Gitter: Der Himmel war sehr dunkel geworden. Warum stank der Kanal nicht? Mephilops Ordnung geriet ins Wanken. Der Kanal stank immer, bevor es regnete. Der Kanal hatte ihn getäuscht. Oder war die Wolke über seinem Gitter nur klein? Florian Mephilop wußte, daß auch kleine Wolken seinen kleinen Himmel verdecken konnten. Mit einem seiner kurzen Stöcke schlug er gegen das Türgitter. Er erinnerte sich an Julias Rücken. Die Tür gab nicht nach. Er wußte, daß sie nicht nachgeben konnte. Er mußte warten, bis jemand kommen und seine Rufe hören würde. Mephilop hatte große Angst. Seit diesem Unfall vor acht Jahren mußte Mephilop, wenn er Angst hatte, seine Notdurft verrichten. Er stellte sich vor das linke Kanalloch, wie immer, wenn er dies erledigen wollte. Mißmutig stellte er fest, daß er kein Wasser zum Nachschütten hatte. In seiner finsteren Kammer war eine Wasserleitung. Aber die Tür war zugefallen. Mühsam begann Mephilop sich zu entkleiden.

Er hörte Kinderschritte. Nein, die Kinder durften ihn dabei nicht ertappen. Ängstlich zog Mephilop seine Hose wieder hinauf. Die Kinder liefen. Schon waren sie über ihm. »Mephilop, Mephilep sitzt im Keller, bist a Depp! Mephilop, Mephilep sitzt im Keller, bist a Depp! Florian Kellermann! Florian Kellermann!« Es waren die üblichen Spottverse. Mephilop wußte, daß er den Kindern ausgeliefert war. Heute mehr als sonst. Er wollte die Kinder bitten, in das Kellergeschoß des Bahnhofes zu gehen und ihm von innen die Tür zu öffnen. Aber Mephilop durfte kein Spaßverderber sein. Er stimmte lachend in ihre Schmährufe ein: »Florian Kellermann! Florian Kellermann!« Freundlich winkte er ihnen mit seinem Stock.

»Habt ihr was für mich?« Sie waren zu viert. »Wir waren im

Konsum«, sagte der Anführer, »und in der Trafik.« Mephilop hoffte, ohne allzu große Quälerei zu seinen Sachen zu kommen. »Fünf Schilling könnt' ihr euch behalten.« – »Mephilop, Mephilop, bis a Depp! Was machen wir vier mit fünf Schilling?« Mephilop dachte nach. Sie wollten mehr. »Wieviel wollt ihr denn?« – »Jeder von uns fünf Schilling.« Also fünfzehn Schilling mehr als vorausberechnet. Einige Tage ohne Zigaretten, dachte Mephilop. »Also gut!«

Über dem Gitter schwenkte einer der vier einen großen Sack.

»Willst du's haben?«

»Ja freilich.«

»Dann mach' schön bitte, bitte, Mephilop.«

»Also macht keine Geschichten.«

»Wenn du nicht bitte, bitte machst, bekommst du nichts.«

Mephilop kämpfte mit sich. Er wußte, wenn er den Kindern nachgab, quälten sie ihn um so ärger.

»No, was ist, Florian, mach schön bitte, bitte.«

Florian Mephilop lehnte seine beiden kurzen Stöcke an die verschlossene Tür. Dann faltete er die Hände.

»Bitte, bitte, sollst du sagen.«

»Bitte, bitte.« Er sagte es ganz kurz. »Also bekomme ich jetzt meine Sachen?«

»Da mußt du schon mehr bitten.«

Er faltete wieder die Hände. »Bitte, bitte, bitte, bitte.«

»Weiter, weiter«, riefen die Buben.

»Bitte, bitte.« Florian hörte die Kinder flüstern.

Dann begannen sie zu singen: »Schaut's euch nur den Florian an, wie der Florian betteln kann.«

Florian Mephilop senkte seine Hände und kroch zurück in seinen Winkel. Er spürte, daß er Kot in seiner Hose hatte. Aber das würden sie nicht bemerken, seine Hose war aus Leder.

»Florian, brauchst du gar nichts? Ha, ha, der Florian braucht heute nichts.«

Er faßte sich: »Also gebt die Sachen endlich her!«

»Einmal mußt du noch bitten.«

»Aber ich hab' ja schon gebeten, jetzt müßt ihr mir die Sachen geben.«

»Einmal noch.«

Wieder hörte er die Kinder leise sprechen. Gerne hätte er gewußt, was sie ausheckten.

»Was ist, Florian, willst nicht mehr bitten? Wir haben wenig Zeit heute, es wird gleich ein Gewitter kommen, wir gehen gleich wieder.«

Mephilop hatte Angst. »Bitte, bitte, bitte, bitte.«

»Jetzt mußt dich aber noch niederknien, Mephilop.« Da hörte er einen sagen: »Der kann ja gar nicht knien, der hat ja keine Haxn.«

Mit Mühe unterdrückte Florian Mephilop die Tränen. »Bitte, bitte, bitte, bitte.« Mit gefalteten Händen stand er reglos da.

»Ja, ohne niederknien gibt's nichts.«

»Knien gilt nicht. Das war nicht ausgemacht.« Mephilop versuchte dem harten Spiel der Kinder Regeln zu geben.

»Ausgemacht ist gar nix!«

»Aber ich kann ja nicht knien.«

»Dann mußt du dich hinlegen, leg dich schön auf den Bauch.«

Mephilop zögerte eine Weile. Wäre es nicht besser, er riefe um Hilfe? Er hörte keine Schritte auf dem Gehsteig. In seiner Grube war es dunkel geworden. Ein Gewitter war im Anzug. Mephilop legte sich auf den Bauch. In seiner Rocktasche knisterte die Zeitung, in der er zuvor gelesen hatte.

»Schön bitte, bitte weitersagen, und dich ja nicht umdrehen. Wenn du heraufschaust, kriegst nix.«

Mephilop lag wie befohlen am Bauch, das Gesicht dem Betonboden zugekehrt. Er sagte: »Bitte, bitte, bitte, bitte.« Sein Blick fiel in das rechte Kanalrohr, in das er einst Julias Antwortbrief geworfen hatte. Er erschrak. Weit hinten im Rohr, weiter als er mit seinem kurzen Stock hätte langen können, sah er etwas Dunkles. Er konnte nicht genau erkennen, was. Vielleicht war es ein riesiger Papierknäuel oder viele übereinandergepferchte Stoffetzen. Das Rohr war verstopft. Schon einmal hatte das Wasser durch dieses Rohr nicht abfließen können und war durch die Ritzen der Tür in sein Zimmer geronnen. Damals wollte man ihn aus seiner Unterkunft weisen. Man sagte, er habe zu wenig auf den ordnungsgemäßen Zustand der Grube geachtet. Er mußte auf seine Kosten die Wasserflecke vom Boden und von den Wänden entfernen lassen. Mühsam hatte er damals zwischen die Ritzen der Tür einen Kunststoffbelag geklebt. Jetzt konnte kein Wasser mehr eindringen. Jetzt könnte das Wasser in der Grube steigen und steigen, sein Zimmer würde trocken bleiben. Mephilop lag da wie gelähmt. Wie, wenn auch das zweite Abflußrohr verstopft wäre? Wenn die Buben ihm die Tür nicht öffneten? Er müßte ertrinken, wenn es tatsächlich zu regnen begänne. Er wollte auch das linke Rohr kontrollieren. In seiner Angst hatte er auf die Anweisungen der Buben vergessen. Er drehte sich um. Da spürte er auf seiner Stirne einen heißen Wasserstrahl. »Ihr Schweine!« Mephilop brüllte.

»Das kommt davon, wenn man nicht folgt. Leg dich schön auf deinen Bauch.« Die Buben hatten das Gitter geöffnet. An einer langen Schnur ließen sie den Sack in der Grube hin-und herpendeln. Bald hoch, bald tiefer. »Dreh dich ja nicht um. Du weißt, was dann passiert.«

Schließlich blieb das Paket am Eingang zum rechten Kanalrohr vor Mephilops Augen liegen, und die Schnur fiel herunter. Mephilop hörte, wie sich das Gitter schloß. Schnell richtete er sich auf und rief: »He, Buben!« Doch die waren schon fort. Der Gehsteig war leer. Ein Sturm war aufgekommen. Staub, verwelkte Blätter, kleine Papiere, Zigarettenreste fielen durch das Gitter. Als Mephilop das linke Kanalloch untersuchen wollte, konnte er nicht mehr genau sehen. Es war zu finster in seiner Grube. Er begann zu rufen: »Hallo, hallo. Hilfe! Hilfe!« Laut heulte der Sturm. Mephilop wurde von niemandem gehört. Mephilop versuchte es oft: »Hilfe! Hilfe!« Wo blieben die Schülerinnen? Mephilop schaute auf die Uhr, dreiviertel eins. Waren sie heute mit einem anderen Autobus gefahren? Außer dem Sturm war nichts zu hören. Mephilop war müde, er lehnte sich gegen das Gitter seiner verschlossenen Tür.

Mephilop lehnte lange. Hin und wieder vermeinte er ein Klopfen an der Tür zu spüren. So, als wäre jemand in seinem Zimmer und würde gegen die Tür stoßen. Doch wer sollte schon in seinem Zimmer sein? Er spürte einen neuen Stoß. Dann noch einen. Mephilop drehte sich um. Zunächst sah er nichts. Es war ganz dunkel. Langsam gewöhnten sich seine Augen an die Finsternis: Er entdeckte die Gestalten der vier Buben. Sie liefen im Zimmer umher und wühlten in seinen Habseligkeiten. Heftig begann er gegen die Tür zu schlagen. »Laßt mich hinein! Laßt mich hinein! Macht die Tür auf, ihr müßt den Eisenriegel hochheben.« Die Buben schauten kurz zur Tür. Mephilops Rufe kümmerten sie nicht. Sie taten so, als bemerkten sie ihn nicht. Sie sprachen nichts. Sie waren ganz still. »Ihr Gauner, ihr Banditen, laßt mich hinein.« Florian brüllte wieder. Es regnete. Der heftige Sturm hielt an. Blitze erhellten von Zeit zu Zeit Mephilops Grube. Mephilop fror. Der Kot in seiner Hose klebte unangenehm. In der Grube roch es nach dem Urin des einen Knaben.

Es regnete heftiger. Am Boden der Grube hatte sich eine Lache gebildet. An den Pölsterchen, die Mephilop über seine Stümpfe gebunden hatte, stieg das Wasser hoch. Mephilop rief laut um Hilfe. Einmal hörte er ein Auto halten. Jemand stieg aus. Jemand hastete über seine Grube, aber der Sturm, der Donner und der Regen machten Florians Stimme unhörbar. Schließlich faltete er vor der Tür die Hände und sagte verzweifelt: »Bitte, bitte, bitte, bitte.« Er wollte sich an die grausamen Regeln des Spieles mit den Buben halten. Mephilop wußte, daß die Buben ihn bei diesem Unwetter nicht verstehen konnten. Darum sprach er langsam und bewegte beim Sprechen sehr stark seine Lippen. Sie sollten das »Bitte« von seinem Mund ablesen können. Die Buben waren an die Tür herangekommen und beobachteten gespannt das steigende Wasser. Schon hatte es die Eingänge zu den Kanalrohren erreicht. Noch wenige Augenblicke, und das Paket, das er am Vormittag von den Kindern bekommen hatte, würde naß werden.

Mephilop watete auf seinen Pölsterchen durch die Pfütze, nahm das Paket und band es an das Gitter seiner verschlossenen Tür. Er sah die vier reglosen Köpfe der Buben dicht an der vergitterten Türscheibe. Was hatten sie vor? Hatten am Ende sie die Tür zugeschlagen? Hatten sie das rechte Kanalrohr verstopft und vielleicht auch das linke? Ängstlich blickte Mephilop auf das Wasser. In den acht Jahren hatte er die Bewegungen des Wassers genau studiert. Das rechte Kanalrohr war verstopft; also müßte das Wasser zum linken Rohr fließen. Doch die Blätter und die kleinen Holzstücke, die der Wind hereingeweht hatte, trieben ziellos durch die Grube. Nun hatte Mephilop Gewißheit. Beide Rohre waren verstopft. In schmutzigen Sturzbächen floß das Wasser von allen Seiten in die Grube. Schon spürte Mephilop das kalte Wasser an seinen brennenden Stümpfen. Mephilop schaute zur Tür. Er sah die vier Buben. Stumm und ohne Bewegung standen sie da und beobachteten ihn. Wieder faltete er die Hände: »Bitte, bitte, bitte.« Er schaute dabei zum Himmel. Es regnete heftiger. Das Wasser stieg schneller, als Mephilop erwartet hatte. Er verfluchte den Tag, an dem er die Ritzen der Tür verklebt hatte.

Mephilop weinte. Er schämte sich nicht mehr vor den vier unbeweglichen Köpfen hinter der Tür. »Bitte, laßt mich doch hinein, bitte. Ich geb' euch, was ihr wollt, aber laßt mich jetzt hinein. Ich bitte euch. Ihr könnt von mir haben, was ihr wollt. Bitte, macht die Tür auf.« Die vier Gesichter waren maskenhaft starr. Er bezweifelte, daß diese Schemen überhaupt die Buben waren. Vielleicht hatten böse Gespenster von seiner Behausung Besitz ergriffen, die ihn vernichten wollten. Er ahnte, daß seine Bitten ohne Erfolg bleiben würden.

Sollte er versuchen, den Abfluß eines Kanalrohres freizubekommen? Er watete auf die rechte Seite und legte sich auf den Bauch. Das Wasser schlug über seinem Kopf zusammen. Schnell richtete er sich auf. Er hatte vergessen, Luft zu holen. Seine Zeitung war aus der Rocktasche gerutscht und schwamm im Wasser. Dann legte er sich wieder hin. So schnell er konnte, langte er mit seinem Stock in das Rohr und versuchte, das Hindernis, das dem Wasser den Weg versperrte, zu beseitigen. Er zuckte wild wie ein Sterbender, doch sein Stock schlug ins Leere. Seine Brust drohte ihm zu platzen, und er meinte, das Wasser zerquetsche ihm den Kopf. Er mußte sich wieder erheben. Julias Brief, den er vor mehreren Jahren in dieses Rohr geworfen hatte, fiel ihm ein. Dann lehnte er wieder an seiner Tür. Er keuchte. Sein Blick fiel auf die vier hellen Flecke hinter der Tür. Er beachtete sie nicht mehr. Er wußte, er mußte sich allein helfen. Er schaute hinauf zu seinem vergitterten Himmel. Immer mehr Wasser stürzte in die Grube. Der trübe See reichte Mephilop bis zum Hosenbund. Bitter dachte er, daß er nun, ohne daß es die Buben sehen würden, seine Hose reinigen könnte. Mephilop wußte nur noch einen Ausweg: Er mußte mit einem Stock die Scheibe hinter dem Gitter zerschlagen. Das Wasser könnte dann in seine Behausung abfließen. Diese Verzweiflungstat würde ihn die Unterkunft kosten.

Seine Hände, die sich auf die kurzen Stöcke stützten, waren schon unter Wasser. Mephilop fror. Er sah die Zeitung vor sich schwimmen. Sie hatte sich entfernt und bedeckte fast die Hälfte des unaufhaltsam steigenden Wasserspiegels. Nur noch wenige Zentimeter trennten das Wasser vom Paket, das an seiner Tür hing. Vielleicht würde es aufhören zu regnen? Mephilop hoffte noch. Er wollte das Paket höher hängen. Er hatte vergessen, daß er schon bis zur Brust im Wasser stand. Er ließ seine Stöcke aus und wollte sie, wie gewohnt, an die Tür hängen. Doch da entglitten sie ihm und schwammen nun, für Mephilop unerreichbar, durch die Grube. Mephilops Angst stieg mit dem Wasser. »Hilfe, Hilfe, Hilfe. Helft mir.« Er rief das nicht mehr, er sagte es so vor sich hin. Er klammerte sich an das Türgitter: »Aufmachen, aufmachen«, sagte er, als hätte er mit den vier Buben, die immer noch unbewegt auf ihn starrten, bis jetzt keine bösen Erfahrungen gemacht. Das Wasser reichte ihm schon bis zum Hemdkragen. Seine Nylonkrawatte, die er immer umgebunden hatte, wenn er draußen saß, schwamm waagrecht vor ihm. Das störte ihn. Auch störten ihn die vielen kleinen Holzstücke und Blätter, die durch den Wind und das Wasser in seine Grube gelangt waren. Durch kräftiges Schütteln der Schultern versuchte er, sie von sich fernzuhalten.

Höchstens zwei Zentimeter trennten sein Gesicht von den vier Gesichtern der Buben. Er lachte freundlich, so, als verstehe er den Scherz, den sie mit ihm trieben, recht gut und sei auch ganz einverstanden damit. Er tat, als sei er einer der ihren und eingeweiht in die Regeln dieses ungewöhnlichen Spiels. Er nickte zustimmend und freundlich. Er verstellte sich nicht einmal. Er wollte die Buben, öffneten sie ihm nur die Tür, sicher nicht bestrafen. Im Gegenteil, er wollte einer der ihren sein, ihnen freundschaftlich auf die Schulter klopfen und sagen: »Na, wie haben wir das gemacht.«

Das Wasser hatte das Paket erreicht, bald war das Papier aufgeweicht. Er sah die Sardinen, die er so gerne aß, im Wasser versinken. Die Zigaretten, das Wurstpaket, das Nylonsäckchen mit den Essiggurken, die Semmeln schwammen schwankend davon und mischten sich zwischen die Holzstücke, Blätter und Zigarettenreste. Mit beiden Händen klammerte sich Mephilop an das Gitter seiner Tür. Wehmütig schaute er seinen Habseligkeiten nach. Gerne hätte er auf die Uhr geschaut. Das gibt es doch nicht, daß es so lange regnet, jeder Regen läßt einmal nach. Er wagte nicht, eine Hand vom Gitter zu geben und nach der Uhr zu greifen. Die Kraft des Wassers drohte ihm das Gleichgewicht zu rauben. Außerdem war seine Uhr sicher stehengeblieben. Sie war nicht wasserdicht. Aber einmal mußte der Regen aufhören. Bei diesem Gedanken wurde Mephilop ganz ruhig, er erinnerte sich an den alten Schlager »Nach Regen scheint Sonne«. Er wollte sogar singen. Er öffnete zwar den Mund, aber singen konnte Mephilop nicht mehr. Das Wasser war zu hoch. Beinahe wäre eine aufgeweichte Semmel, die auf ihn zugetrieben war, zwischen seine Zähne geschwommen. Durch die Nase bekam Mephilop noch Luft. Er war froh, daß er keine Wattebällchen hineingesteckt hatte. Er hätte sie nur schwer entfernen können. Schon hatte er mehrmals für wenige Augenblikke das Gleichgewicht verloren. Das hohe Wasser drohte seine Lederpölsterchen vom Boden hochzuheben. Fast mußte er sich gegen den Boden seiner Grube drücken. Wenn Mephilop atmete, bildeten sich kleine Trichter im Wasser. Bald würde seine Nase im Wasser sein. Er würde nicht mehr atmen können.

Mephilop aber war ruhig. Er war sicher, daß die vier Köpfe hinter der Scheibe ihn aufmerksam beobachteten, daß sie genau schauten, wie lange er noch atmen konnte. In dem Augenblick, in dem das Wasser seine Nase berührte, würden sie bestimmt die Tür öffnen. Ja, so würde es sein. Mephilop war sich dessen sicher. Er stand still da. So wie die Köpfe ihn beobachteten, so beobachtete er nun wieder die Köpfe. Er schaute freundlich, ohne Furcht. Er wartete geduldig. Jetzt berührte das Wasser seine Nase. Er neigte den Kopf leicht zurück und nickte zum Zeichen, daß das Spiel zu Ende wäre. Er lächelte und wartete auf die Anerkennung der Buben. – Ja, mit dem Mephilop, mit dem läßt sich noch was anfangen. An dem kann sich mancher Gesunde ein Beispiel nehmen. – Also aufmachen! Verstanden sie ihn nicht? Vielleicht haben sie schlecht gesehen? Nochmals neigte Mephilop seinen Kopf ganz weit zurück und holte tief Atem. Dann stellte er sich wieder so, daß seine Nase unter Wasser war. Mephilop wollte kein Spielverderber sein. Ruhig stand er da, so lange er konnte. Erst als das Hämmern seines Herzens unerträglich wurde, da neigte er seinen Kopf wieder zurück. Mephilop versuchte, seine Angst zu zerstreuen. »Das gibt es doch nicht, die Buben können mich doch nicht umbringen wollen. Das darf man nicht. Sowas getrauen sie sich auch nicht. Heute ist das nicht mehr so, einen Menschen umbringen. Da steht ja Kerker darauf. Auch Kinder werden bestraft.« Etwas mußten die vier hinter der Scheibe wissen. Etwas, was er nicht wußte. Mephilop ärgerte sich, weil er die Regeln des Spieles, das er mit den Buben zu spielen meinte, noch immer nicht beherrschte. Er fror.

Das Wasser, das ihm immer öfter in den Mund floß, schmeckte salzig. Sein Nacken schmerzte ihn, da er den Kopf in einem bestimmten Winkel zurückgeneigt halten mußte. Nur so konnte er noch atmen. Diese Stellung war Mephilop unangenehm. Er konnte dabei die Buben nicht beobachten. Sein Blick fiel nach oben auf das Gitter, durch das noch immer Wasser in die Grube rann. Er hörte nichts mehr. Mephilops Ohren waren schon unter Wasser. Er konnte auch den Mund nicht mehr öffnen. Er konnte gerade noch atmen. Vielleicht hätte Mephilop noch eine Minute atmen können, doch er wollte nicht warten, bis das Wasser auch in dieser Stellung seine Nase erreichte. Er wollte vorher handeln. Er war überzeugt, in wenigen Augenblicken würden die Buben die Tür öffnen und ihn mit den Wassermassen in sein Zimmer stürzen lassen. Die Unannehmlichkeiten, die er wegen der Überschwemmung seiner Wohnung mit der Hausverwaltung haben würde, die wollte er gerne auf sich nehmen. Irgendwie würde sich alles reparieren lassen. Mit hastigen Griffen versuchte sich Mephilop nun am Gitter seiner Tür hochzuziehen. Das Wasser machte seinen Körper leicht. Er freute sich über seine Vorsicht. Er hatte die Lederpölsterchen nicht von seinen Stümpfen entfernt. Nun konnte er ohne große Schmerzen mit ihnen am Gitter der Tür Halt suchen. Das Wasser aber hatte die Riemen aufgeweicht. Nach wenigen Bewegungen am Gitter der Tür hatte er sie abgestreift. Schmerzlich rieben die kantigen Eisenstangen an seinen Narben. Er schrie auf. Er empfand dieselben stechenden Schmerzen wie damals, als Julia ihn zum letztenmal geküßt hatte. Nein, die Schmerzen waren heftiger, fast so heftig wie beim Unfall. Mephilop dachte an seinen Unfall – wie er es nicht mehr länger hinter dem großen Lastwagen ausgehalten hatte. Beim Überholen war ihm einer entgegengekommen. Kuntner. Mephilop erinnerte sich noch genau an diese Sekunden: er hatte keine Angst verspürt. Zwar hatte er ausweichen wollen. Merkwürdig unbeteiligt hatte er sich gefühlt. Eher als Beobachter. Er hatte damals sogar gedacht, er träume alles nur. Doch durch die stechenden Schmerzen in seinen Beinen war er aufgewacht. Einige Male hatte er Kuntner schreien gehört. Dann war er in Ohnmacht gefallen.

Mephilop beobachtete sich, als er sich so am Gitter hochzog. Er war auch jetzt merkwürdig ruhig. Seine Ruhe beunruhigte ihn. Er mußte rufen! Er mußte gerettet werden! Oder träumte er diesmal wirklich? Er wurde müde. Hilflos hing er an der obersten Sprosse des Türgitters. Mit seinen Stümpfen konnte er keinen Halt mehr finden. Sie schmerzten ihn zu sehr. Er schwamm waagrecht auf dem Wasser. Nun, also hatte er doch eine sportliche Leistung vollbracht! Nun müßten ihn die Buben wirklich hineinlassen. Er lag so, daß er die vier reglosen Gesichter vor sich hatte. Florian Mephilop versuchte in den vier Gesichtern zu lesen. Die Scheibe hinter dem Gitter seiner Tür aber war zu trüb. Er schwamm neben seinen Stöcken, den Semmeln, dem Wurstpaket und den Essiggurken, dem Laub, den Holzstücken und Zigarettenresten flach auf dem Wasser. An seinem Hals klebte ein aufgeweichtes Blatt der Zeitung.

Der Regen ließ nicht nach. Unablässig rann Wasser durch das Gitter in die Grube. Wieder hatte es Mephilops Gesicht erreicht. Er neigte den Kopf zur Seite. So verlängerte er die Zeit, in der er noch atmen konnte. Er wollte tief einatmen, doch er hatte vergessen, daß sein Mund im Wasser war. Er verschluckte sich. Er hustete. Es drang noch mehr Wasser in seinen Mund. Er verlor die Beherrschung. Mit der Hand wollte er das Wasser aus seinem Gesicht wischen. Er verlor seinen Halt am obersten Gitterstab. Wild schlug er um sich. Er griff nach einem Stock, der ihm entgegenschwamm. Mit ihm versank Mephilop im Wasser. Er sah seine Lederpölsterchen schwimmen. Er versuchte sogar nochmals, um Hilfe zu rufen. Wasser und Laub drangen in seinen Mund. Einmal sah er zufällig den Himmel über seinem Gitter. Er konnte nicht mehr feststellen, ob Wasser in seine Grube rann. Mephilop zuckte verzweifelt. Hart schlug er mit seinen Stümpfen gegen die Betonwände seiner Grube. Die Schmerzen waren ihm willkommen. Bald würde er aus seinem Traum erwachen. Er meinte, Kuntner schreien zu hören. Immer häufiger geriet er mit dem Kopf unter Wasser. Einmal tauchte er noch auf. Ein Zeitungsblatt bedeckte sein Gesicht. Er zuckte nur noch schwach. Dann sank er. Seine Augen waren weit geöffnet. Mephilop staunte über das, was er sah.

»Ist er jetzt tot? Mein Gott!«

»Sei still, schnell weg!« Leise liefen die vier Buben aus Mephilops Kammer.

Gewitter

Das Kreischen der in die sturmzerfransten Baumkronen flüchtenden Vögel hörte er plötzlich sehr deutlich. Schwere Wolken verdeckten die Sonne. Sie drängten sich schwerfällig über den Himmel wie die Rinder, die in der Halde neben dem Weg ihrem grobgezimmerten Unterstand zustrebten. Der Sturm, der die Wolken vor sich hertrieb, hatte die Alm, die für ihre Gewitter bekannt war, noch nicht erreicht. Die Luft war still. Hellhörig still. Fast schrill knirschten die Steine unter seinen immer eiliger werdenden Schritten und rollten manchmal, von seinen schweren Bergschuhen getroffen, in das niedere Gras zwischen Weg und elektrisch geladenem Zaun, unter dem sich die Sterne der Disteln schon geschlossen hatten.

Noch hoffte er, sein Auto, das er am Ende der Almstraße auf dem großen Parkplatz abgestellt hatte, trocken zu erreichen. Er ging, so schnell er konnte. Ohne zu rasten. In der linken Hand trug er eine Kanne mit Schwarzbeeren. Mit der rechten hielt er eine Blechdose voll Schwämme. Schmerzhaft rieb eine Kante der Dose gegen seine rechte Hüfte. Gerne hätte er die beiden Gefäße vertauscht. Dazu aber nahm er sich nicht Zeit. Als aus großer Entfernung dumpf der erste Donner hörbar wurde, beschleunigte er seine Schritte noch, um den Wolken, die immer schneller und immer dunkler hinter ihm herjagten, zu entfliehen. Der Sturm, der sie trieb, begann auch ihn zu treiben. In frostigen Böen strich er über die Hochebene, riß da und dort einen Vogel aus einem Baum, wirbelte weggeworfene Zigarettenschachteln und Schokoladeschleifen vor ihm her und deformierte die letzten Spaziergänger, die er nun von weitem dem schon fast gänzlich verwaisten Parkplatz zueilen sah, zu zerrauften und verbogenen Gestalten, schutzlos wie die sich neigenden Baumkronen und Stauden um ihn. Er sah, daß es bis zu seinem Wagen noch weit war. Er bekam Angst. Immer häufiger drang der kalte Wind durch seine Lodenjacke bis an seine schweißnasse Haut. Dieser Temperatursturz! Er hatte Angst vor einer Verkühlung. Im wilden Zickzack trennten die Blitze die schweren Wolken. Wie leicht konnten sie einschlagen. In einen Baum, in den elektrisch geladenen Almzaun, in ein Rind. In ihn. Nein, er durfte sich keine Rast gönnen. Er durfte seine Lasten nicht vertauschen, so sehr ihn auch die rechte Hüfte schmerzte. Nicht nur seine rechte Hüfte, auch die rechte Hand, mit der er die Dose nun schon eine gute halbe Stunde reglos umklammert hielt, brannte ihn. Langsam gab er den Schmerzen nach. Er neigte sich zur Seite. Gleichzeitig bedrückte ihn der Gedanke, er könnte im Wald oder während dieses hastigen Marsches seine Autoschlüssel verloren haben. Mit viel Mühe tastete er mit den freien Fingern seiner linken Hand gegen seine rechte Hosentasche. Hart schlugen dabei seine Knie gegen die Kanne mit den Schwarzbeeren. Doch durch das dicke Rindsleder seiner Hose hindurch fühlte er nicht, ob er die Schlüssel tatsächlich im Sack hatte oder nicht. Zwar spürte er etwas Hartes, doch das konnte auch der eine Hosenknopf gewesen sein, der ihm im Wald, als er sich nach einem Pilz bückte, ausgerissen war, so daß er seine Hosenträger am Rücken nur an einem Knopf befestigt hatte.

Er schätzte ab, wie lange er noch zu gehen hätte. Obwohl der Parkplatz in direkter Entfernung nur einige hundert Meter weit weg war, machte der Weg noch mehrere mäanderartige Schleifen. Schwere Tropfen fielen. Der immer heftiger aufkommende Sturm trieb sie fast waagrecht über die von den Tieren niedergegrasten Wiesen, und der Donner verrollte nicht mehr im vielfachen Echo zwischen den fernen Bergwänden im Westen, sondern schlug nun gleichzeitig mit den Blitzen knallend aus den Wolken. Zwischen den Donnerschlägen war es still. Plötzlich verstand er diese Stille. Seine Tritte, die immer unregelmäßiger wurden – so schmerzte die Dose an seiner Hüfte –, störten diese Stille nicht.

Mit Vernunft versuchte er, sich von seiner Angst zu befreien: Seine Kollegen fielen ihm ein, die manchmal abends gemütlich von schweren Berggewittern berichtet hatten. Wie sie bis auf die Haut durchnäßt wurden; wie sie sich mit Pullover oder Jacken über dem Kopf vor den scharfen Schlägen der großen Hagelkörner schützten; wie sie den Blitz in Bäume und Tiere fahren sahen; nie verschwiegen sie in ihren Erzählungen die Angst, die ihnen solche Unwetter eingejagt hatten. Nun versuchte er sich selbst als Erzählenden vorzustellen. Er lächelte sogar kurz bei dem Gedanken, wie komisch er nun, verbogen durch die Schmerzen, die er in seiner Hüfte spürte, auf seine Bekannten wirken müßte.

Ein wilder Donnerschlag – und ein greller Blitz erleuchtet den dunklen Himmel. Feuerbäche treten aus den Ufern. Die immer häufiger niederfallenden Tropfen drohen seine Haut auch von außen zu durchnässen. Er muß weg von der Straße, bevor das Unwetter in voller Wucht losbricht. Er beschließt, den Weg, der sich in endlosen Windungen zum Parkplatz zieht, zu verlassen, und zu versuchen, quer durch die Wiese und den kleinen Wald, unter dessen Bäumen er sich, gleich den schweigenden Vögeln, vor dem Regen flüchten will, zu seinem Auto zu kommen, das er ärgerlich nahe und doch unerreichbar weit als einziges Fahrzeug am verlassenen Parkplatz stehen sieht. Er opfert kostbare Sekunden, um die Dose unter dem geladenen Haldenzaun durchzuschieben und dann auch noch die Kanne mit den Schwarzbeeren. Schließlich schiebt er sich selbst durch, ängstlich achtend, ja nicht den Draht zu berühren, wenn er auch weiß, daß der elektrische Schlag, den er zu erwarten hat, nur ganz schwach ist. Mühsam hebt er seine Last wieder auf, diesmal die Schwämme links und die Schwarzbeeren rechts. Er möchte laufen. Der kleine Wald ist sehr nahe. Doch der Boden ist zu weich. Er sinkt tief in die feuchte Erde, die ihm bei jedem Schritt fast die Schuhe von den Füßen zieht. Obwohl er die Lasten seiner Hände vertauscht hat, schmerzt ihn seine linke Hüfte schon nach wenigen Augenblicken heftiger als zuvor seine rechte. Je stärker der Regen wird, bis er wie eine graue Wand vor ihm steht, desto eigentümlicher, ungewohnter wird seine Angst. Immer mehr schaltet sie seine Gedanken aus.

Eine ruhige Angst kommt über ihn. Eine Angst, die für ihn handelt, die ihn dann und wann einige unbewußt ausgesprochene Satzfragmente laut vor sich hersagen läßt, wie »das werde ich mir gut merken, ein Stierschädel aus Holz etwas im Osten«, als er ohne große Überwindung seine Dose mit den Pilzen unter einem verwitterten Baumstamm abstellt, dessen rindenlose, abgebrochene Äste wie zwei Stierhörner in den Regen ragen. Ohne sie läuft er unter eine dichte Fichte. Dort bleibt er stehen. Der Schutz, den er sich erhofft hat, bleibt aus, der Sturm treibt das Wasser schräg auf ihn zu. Nach wenigen Augenblicken ist er ganz naß. Er meint, er steht nackt im strömenden Regen. Trotzdem verläßt er seinen Unterstand. Seine Angst treibt ihn weiter. Naß, wie er ist, läuft er in die Richtung, in der er den Parkplatz mit seinem Auto vermutet. Das nasse, dichte Gestrüpp schlägt ihm ins Gesicht. Er stolpert über eine aus dem Boden ragende Wurzel. Dabei entgleitet ihm die Kanne. Die Schwarzbeeren rollen über den Waldboden. Er hebt das Gefäß auf und läuft weiter. Um die verschütteten Beeren kümmert er sich nicht.

Auf einer Lichtung sieht er eine Amsel. Hilflos springt sie vor ihm her. Eines der großen Hagelkörner, die nun auch ihn schmerzhaft treffen, hat sie aus einem Baum zu Boden geschlagen. Er zieht seine Lodenjacke aus, bedeckt damit seinen Kopf und rennt unter die Bäume, deren Äste die Wucht der großen Hagelkörner abschwächen.

Er will warten, bis es aufhört zu hageln. Durch die Jacke, die tief in sein Gesicht hängt, sieht er wenig. Trotzdem entdeckt er neben sich eine Kolonie frischer, gelber Eierschwämme. Er verspürt nichts von jener Finderfreude, die ihn noch vor wenigen Stunden erfüllte, als er Pilz um Pilz in seine Blechdose legte. Sobald der Hagel nachläßt, eilt er frierend wieder der Lichtung zu und weiter in ein neues Waldstück, das ihn noch von seinem Ziel zu trennen scheint. Je tiefer er eindringt, desto weicher wird der Boden. Ähnlich weich wie im ersten Wiesenstück, das er, nachdem er den Weg verlassen hatte, zurücklegte; immer tiefer sinkt er ein. Wieder muß er achtgeben, nicht die Schuhe zu verlieren. Plötzlich steht er vor einem Bach, der tief und reißend an ihm vorbeischießt. Bei aller Bedrohlichkeit ist er nicht sehr breit. Er beschließt, ihn zu überspringen. Er nimmt die Lodenjacke vom Kopf. Doch er will das nasse Kleidungsstück nicht anziehen. Er klemmt es unter den Arm, nimmt, soweit dies der sumpfige Boden zuläßt, einen Anlauf und springt. Er erreicht zwar das andere Ufer, doch der weiche Boden, auf den er aufspringt, gibt nach. Er rutscht ab. Bis zu den Hüften steht er im trüben, reißenden Wasser. Wurzeln, Holzstücke und, wie er mit Ekel bemerkt, eine tote Maus jagen an ihm vorbei; mit beiden Armen klammert er sich am nassen Gras fest. Kanne und Lodenjacke schwimmen hinter den Wurzeln und der Maus her. Mühsam zieht er sich an das andere Ufer und richtet sich keuchend auf. Der Guß hat noch nicht aufgehört. Er müht sich weiter durch den Wald. Seine Lederhose beginnt zu rutschen. Die Hosenträger baumeln um seine Knie. Auch der zweite rückwärtige Knopf ist ihm beim Überspringen des Baches und den damit verbundenen Verrenkungen abgerissen.

Er zögert nicht lange. Er zieht die Lederhose aus, legt sie über seinen Arm und geht, nur noch mit Hemd und Badehose bekleidet, weiter. Allmählich wird der Boden des Waldes fester. Er kommt schneller voran. Naß und feindlich hakt sich das Unterholz immer wieder in seinem Hemd fest, so daß es nach kurzer Zeit mehrere tiefe Risse hat. Hinter dem Gesträuch sieht er eine Lichtung. Mit großer Anstrengung und immer häufiger wirre Sätze vor sich hersprechend – »das wäre doch gelacht« oder »so ein Blödsinn« –, gelangt er an den Rand des Holzes, hinter dem er sein Auto zu sehen hofft. Er sieht es auch, ganz schwach durch die graue Regenwand. Doch einige Schritte vor ihm dehnt sich wieder der reißende Bach, der in tückischen Schlingen die Hochfläche durchzieht.

Hier war der Bach breiter – an ein Überspringen war nicht zu denken –, sein Bett verlief parallel zum Weg. In umständlicher Mäanderform zogen sich Weg und Bach zum Parkplatz. Verwirrt lief er ein Stück den Waldrand entlang und, als er wieder in das Dickicht tauchte, das ihm sein Hemd so sehr zerriß, daß es in Fransen naß an ihm klebte, hoffte er, der Schlinge des Baches, in der er gefangen war, doch noch zu entgehen. Er fror. Große, nasse Schneeflocken trieb der eisige Sturm bis unter die Bäume. Langsam wurde er müde. Und je müder er wurde, desto ruhiger wurde er. Er überlegte: Sollte er sich auf den mit Dachpappe zugedeckten Holzstoß legen, an dem er schon zweimal vorbeigekommen war? Doch er weiß, daß man, wenn man friert und müde ist, sich nicht hinlegen darf.

Er trottete weiter. Er hörte, wie das Geräusch des niederrauschenden Regens langsam nachließ, und nahm an, daß es draußen auf der Wiese nicht mehr stark regnete. Im Wald aber hielt der Regen unvermindert an. In dichten Strömen floß das Wasser von den triefenden Ästen. Er versuchte, schnell wieder aus dem Dickicht zu gelangen, das ihm so wenig Schutz geboten hatte. Inzwischen hatte er die Orientierung verloren. Dichter Nebel zwängte sich stellenweise zwischen die Bäume. Bald glaubte er sich in der Nähe jener Stelle, an der er den Wald betreten hatte und wo er die Dose mit den Pilzen hingestellt hatte, bald hörte er wieder von weitem das laute Rauschen des Baches, der die Wiesen und die Baumgruppen in viele sumpfige Teile zerschnitt, bald war er wieder an der Lichtung, wo er die verletzte Amsel gesehen hatte. Endlich, nachdem viel nasses Gesträuch an seinem Hemd und an seiner Haut gerissen hatte, stand er auf der Wiese, die neben ihm in einer Stufe zum Bach abfiel. Er blutete an mehreren Stellen. Sein Auto war nicht zu sehen. Den Wald wollte er auf keinen Fall mehr betreten. Lieber ging er frierend und todmüde das steile Bachufer entlang. Einmal würde er doch jemandem begegnen, der ihm sagen könnte, wie er am schnellsten zum Parkplatz käme. Mit zerrissenem Hemd, die Lederhose mit nachhängendem Hosenträger unter dem Arm, an den Oberschenkeln und an den Schultern blutend, nur mit einer Badehose und einem zerrissenen Hemd bekleidet, bot er nun, nachdem das Gewitter allmählich in leichten Regen übergegangen war, einen weit kläglicheren Anblick als früher. Er lachte auch nicht mehr über sich. Die Luft war sehr kalt, und es schmerzte ihn jeder Atemzug.

Er fühlte seinen schmerzenden Atem nicht, er hastete vor sich hin, und das stumpfe Geräusch seiner nassen Schuhe auf dem Gras ging unter in den Rufen der Vögel, die vorsichtig aus den Baumkronen flatterten, und im Läuten der Kühe, die ihre Unterstände wieder verlassen hatten und langsam über die Wiesen gingen.

Auch den Geier, der hoch über der Halde ruhig seine Kreise zog, sah er nicht, ebensowenig den Stier, der ihm, gereizt durch den von seiner Lederhose baumelnden Hosenträger, gefolgt war, und nun, als er sich, erschreckt durch das Schnauben des Tieres, umdreht, mit gesenktem Kopf und hohem Nacken rotäugig vor ihm steht. Mit weit abstehenden, dunklen Hörnern, ähnlich den Ästen des Stammes, unter den er die Dose mit den Schwämmen gestellt hatte.

Von einem Stier bedroht zu werden, war stets der größte Schrecken seiner einsamen Almwanderungen. Doch nun, da er den wütenden Koloß vor sich sieht, ist er trotz aller Angst, die er zuvor ausgestanden hat, ganz ruhig. Ruhig und gefaßt, wie fast alle es sind, die ein Unglück trifft, von dem sie meinen, es nicht ertragen zu können. Vorsichtig schaut er sich um. Jetzt erst sieht er, daß der Bach, der sich einige Meter unter ihm sein Bett tief in den Almboden gefressen hat, eine enge Schlinge um ihn zieht, in der er gefangen ist und aus der ihm der Stier die Flucht versperrt. Die fünf oder sechs Meter in den Bach zu springen, wagt er nicht. Er wartet, was geschehen soll, und ist wenig später überrascht, daß ein tief in den Bauch eindringendes Stierhorn eigentlich nur im ersten Augenblick, wenn es die Haut aufbricht, Schmerzen verursacht. Später, wenn es in den Gedärmen und in der Leber umgräbt, hat man nur ein dumpfes, ein wenig stechendes Gefühl.

Und so ruhig und still, wie er nun auf der Wiese über dem Bachknie lag, senkten sich die Wolken nieder auf den Almboden und zogen langsam wie geduldige, friedliche Rinder hinweg über die Halden. Weit drüben, am anderen Ende der Alm, wo der Parkplatz war, stiegen sie wieder auf und zogen gemächlich weiter. Die Abendsonne färbte ihre Ränder rot; heller als das blutige Horn des Stieres. Ruhig grasend ging das Tier über die nassen Wiesen, auf denen wieder die Grillen sangen. Im weichen Boden hinterließen seine schweren Hufe tiefe Spuren.

Der Herr vom Nebentisch

Das Angebot an Unterhaltung war gering: Ein Pfarrkino spielte zweimal in der Woche Wildwest- oder Heimatfilme. Das Wetter war schlecht. Ich verbrachte meine Freizeit im freiwilligen Wirtshausarrest. Neben dem großen Kachelofen verschanzte ich mich im Gastzimmer hinter einem Buch oder einer Zeitschrift. Von Minna, der Tochter des Hauses, ließ ich mich mit erheblichen Mengen von Glühwein versorgen.

Es war im Winter, ich hatte dienstlich auf dem Land zu tun. Ich wohnte im Wirtshaus auf dem Hauptplatz des Dorfes. Auch an jenem nebligen und schneelosen Dezemberabend, den ich wohl nie vergessen werde – es war der 11. Dezember, ein Mittwoch –, saß ich im schwarzgetäfelten Gastzimmer auf meinem Stammplatz. Außer mir war nur noch ein Gast im Zimmer, Ingenieur Poldoni. Er war ein hagerer Herr in mittleren Jahren; seine braune Gesichtsfarbe, die stark hervorquellenden Augen, die auf schweren Basedow schließen ließen, und sein dichtes, gewelltes Haar verliehen seinem Gesicht ein negroides Aussehen, das aber durch die weltmännische Eleganz seiner Kleidung und durch die überlegene Ruhe, mit der er sich gab, abgeschwächt wurde.

Was er in diesem verlassenen Dorf machte, wußte niemand genau. Er saß jeden Abend an meinem Nebentisch, und in den ersten Tagen dachte ich, der Grund seiner regelmäßigen Besuche wäre Minna. Er verfolgte sie auch an besagtem Abend mit den Blicken; doch die kühle Gelassenheit, mit der er eine Omelette mit Erdbeermarmelade und Tee mit Zitrone bestellte, ließen mich Minna recht geben. »Minna«, habe ich sie nämlich einmal gefragt, als sie mein Zimmer zusammenräumte, »ich glaub', der Poldoni kommt nur wegen Ihnen jeden Abend.«

»Au weh, der Poldoni«, lachte sie, »na, na. Na, der wohl net. Na, der is immer ganz reserviert. Wie Sie auf den Inschinean kommen, waß i a net.«

Später erfuhr ich dann, daß Ing. Poldoni vor einem Jahr das Jagdhaus eines verarmten Grafen gekauft hatte. Dort lebte er nun zusammen mit seiner gelähmten Schwester sehr zurückgezogen. Beruf übte er keinen aus.

Wie immer, so war auch an diesem Dezemberabend im Extrazimmer der Fernsehapparat eingeschaltet, und das unruhige Licht des

Bildschirmes erhellte zuckend das Dunkel hinter der Türöffnung. Minna war eine eifrige Fernseherin. Gerne lehnte sie im dunklen Zimmer an der Kredenz, und wenn sie erst einmal drinnen war in der dämmrigen Abgeschiedenheit dieser Zauberkammer, brachte man sie so schnell nicht wieder heraus. Da konnte sie auf alles vergessen. Darin war sie verloren für die Welt, und ich mußte manches Mal sehr laut um meinen Glühwein rufen.

An dem Abend, von dem ich erzähle, hatte sie noch nicht einmal die Vorhänge zugezogen. Die kleinen Fenster des Gastzimmers erinnerten an in dicke Kerkerwände eingelassene Luken. Durch die schmiedeeisernen Gitter schimmerten nebelgetrübt die Lampen vom Dorfplatz herein. Ich wartete schon geraume Zeit auf meinen roten Glühwein. Von dessen Wirkung erhoffte ich mir leichteren Zugang zu den magischen Schriften des Agrippa von Nettesheim, mit denen ich mich damals beschäftigte. Ing. Poldoni saß da, starrte durch das vergitterte Fenster auf den Dorfplatz hinaus und zog hin und wieder ungeschickt an der seidenen Vorhangschnur, die neben ihm herunterhing; doch erfolglos. Es gelang ihm trotz mehrfacher Versuche nicht, die buntgemusterten Vorhänge vor dem Fenster und dem trostlosen Ausblick, der sich ihm dahinter bot, zu schließen.

Immer heftiger zerrte Ing. Poldoni an der Schnur. Er schien erregt und ungehalten. Und wirklich, so arg hatte uns Minna noch nie vernachlässigt. »Ja, ja, die feschen Herren am Fernsehschirm interessieren die Minna halt mehr als wir beide«, sagte ich, um den Unwillen meines Nachbarn zu besänftigen.

»Dieses Fernsehen«, zischte er. »Nicht zu fassen!«

»Aber verstehen Sie doch« – es reizte mich, den Ingenieur in ein Gespräch zu verwickeln –, »das arme Ding, jahraus, jahrein in einem langweiligen Dorf. Nichts als dieses Kino da im Pfarrhaus. Kein Wunder, daß sie eine solche Fernsehenthusiastin ist. Gestatten Sie übrigens, wir sitzen nun schon mehr als eine Woche nebeneinander, mein Name ist Wolfkind.«

Er starrte mich mit seinen Basedowaugen an. »Freut mich, Poldoni, wenn Sie wollen, Ingenieur. Genauer Ex-Ingenieur.«

»Minna!« Ich rief, so laut ich konnte. »Der Glühwein, der Glühwein, der rote Glühwein, die Omelette mit Erdbeermarmelade, der Zitronentee für den Ingenieur Poldoni!« und schlug dazu mit meinem Agrippa von Nettesheim lärmend auf den Tisch.

Mein Krawall half. Minna erschien mit kleinen Augen. Sie hatte tatsächlich auf uns vergessen. Sie entschuldigte sich mehrmals und schloß mechanisch die Vorhänge, mühelos auch die vor Herrn Poldonis Fenster. Dann stürzte sie in die Küche und gab der Sopherl, dem Hausfaktotum, das alle unangenehmen Arbeiten verrichten mußte, im kaum verständlichen Lokaldialekt ihre Anweisungen. Eilig kam sie mit dem Besteck für Herrn Ing. Poldoni und stellte mir in tätiger Reue auch gleich den irdenen Becher für den Glühwein auf den Tisch. Verlegen machte sie sich an den übrigen Tischen zu schaffen, rückte Aschenbecher zurecht und ordnete einige herumliegende Illustrierte in die Lesezirkelmappe ein. Aber schon nach kurzer Zeit schlüpfte sie zurück zu den magischen Blitzen ins düstere Extrazimmer.

Minnas Auftritt hatte das Gespräch, das ich mit Ing. Poldoni in Gang gebracht hatte, wieder absterben lassen. Er saß da, in sich eingekapselt wie immer, und zeichnete mit der Vorhangschnur, die nun, seit Minna daran gezogen hatte, noch tiefer herunterhing, unsichtbare Buchstaben auf das grobgemusterte Tischtuch.

Aus dem Extrazimmer hörte ich irgendeine larmoyante Primadonna das »Lied von der Weide« singen. »Oho, unsere Minna hat es mit der hohen Kunst. Man spielt ›Othello‹«, sagte ich.

»Ich weiß, ich weiß«, kam es vom Nebentisch, und es klang so, als wäre der schweigsame Ex-Ingenieur nun plötzlich zum Reden aufgelegt. »Ja, der ›Othello‹. Wenn Sie wüßten.«

»Nein, ich weiß nichts. Von Verdi. Seine vorletzte Oper«, sagte ich betont naiv. Poldoni lächelte wieder gelassen.

Er erhob sich und kam an meinen Tisch. Er verneigte sich kurz. Seine Erscheinung war von vollendeter Eleganz. »Gestatten Sie, daß ich mich zu Ihnen setze?«

»Mit Vergnügen.« Ich rückte zur Seite.

»Ich sehe, Sie lesen Agrippa von Nettesheim. Solche Bücher lesen nur Leute, die wissen, daß das sogenannte ›logische Denken‹, das ich als Techniker ja zur Genüge gelernt habe, nicht der einzige Weg der Erkenntnis ist.«

»Logisches Denken, armseliger Rollstuhl unserer hilflos gelähmten Intuition«, ermunterte ich ihn, ohne zu wissen, was sein Bekenntnis bedeuten sollte. Ich staunte darüber, daß Poldoni der Name dieses deutschen Bischofs und berühmten Magiers geläufig war.

»Ich habe ihn auch studiert, den Agrippa, den Pappus, die Kabbalah. Ich hatte Zeit dazu und auch den Grund. Elf Jahre lang hab' ich studiert. Hinter dicken Mauern. Hinter Gittern.« Und er zeigte auf die Fenster, vor denen nun die bunten Vorhänge herabhingen. »Zwischen schwarzen Wänden.« Und er zeigte auf die dunkle Holztäfelung. »Bewacht von Pistolen und Bajonetten.« Er wies auf die vielen Gamskrickeln, die an den Wänden des Gastzimmers hingen. »Sie waren im Gefängnis?« Ich wollte ihm ersparen, das, was er mir sagen wollte, direkt auszusprechen.

»Jawohl«, es klang ganz feierlich, wie er dieses »Jawohl« skandierte, »im Gefängnis. Elf Jahre unschuldig im Gefängnis. Ich büßte für Othello.«

»Wie bitte?« Mein Glaube an das Wunderbare war durch seine dunklen Andeutungen überstrapaziert.

Doch er wiederholte: »Ich büßte elf Jahre lang für Othello. Und Sie werden verstehen, daß ich immer wieder unruhig werde, wenn ich diese Oper höre. Und vor allem, daß ich das Fernsehen hasse. Man sollte es verbieten.«

»Ich verstehe nicht ganz, verehrter Herr Ingenieur«, ich wurde etwas unsicher. Mir schien nicht ausgeschlossen, daß Poldoni verrückt war. Oder es gerade – ausgerechnet jetzt in meiner Gesellschaft, an meinem Tisch – wurde. Ich wußte, daß bei Morbus Basedow solche Verwirrungszustände nicht ausgeschlossen waren.

»Mich hat eben keiner verstanden. Sehen Sie, deshalb bin ich eben gesessen. Und«, jetzt wurde er unfreundlich, »Sie können sich Ihren Agrippa von Nettesheim auf den Hut stecken, wenn Sie mir nicht glauben.«

»Ich glaube Ihnen ja, doch Sie machen es mir nicht ganz leicht«, verteidigte ich mich.

»Wenn ich Sie nicht langweile, werde ich Ihnen alles erzählen.«

»Sie langweilen mich wirklich nicht.« Poldoni begann mich zu interessieren.

»Es ist eigentlich gar nicht viel zu erzählen. Es war vor elf Jahren und drei Monaten. Ich saß mit meiner Frau«, Ing. Poldoni berichtete dies alles trotz seiner fühlbaren inneren Erregung eher langsam, »vor dem Fernsehapparat. Sie war eine große Verdi-Freundin, und man spielte eine ›Othello‹-Produktion mit großer Starbesetzung. Wie so oft, schlief sie auch an diesem Abend ein. Es war im letzten Akt. Desdemona lag schon im Bett. Da erschien Othello. Zuerst sah man ihn – ausgezeichnet photographiert übrigens – nur schemenhaft im Hintergrund. Langsam kam er näher. Näher und näher. Näher und näher. Ich wunderte mich. Er ging nicht auf Desdemona zu, sondern näherte sich dem vorderen Ende der Bühne.«

»Ja, ja, diese Regisseure«, bemerkte ich, eigentlich nur um Poldoni aus der Erregung zu reißen, in die er durch seine Erzählung geraten war.

»Hören Sie weiter«, schnitt er mir das Wort ab. »Er wurde größer und größer, aus dem flachen Schemen wurde eine plastische Gestalt, schwarz und wuchtig, zornbebend und gewalttätig. Ich bekam Angst. Ich wollte den Fernsehapparat ausschalten. Doch ich bin dagesessen wie gelähmt. Plötzlich steht die schnaubende Gestalt vor mir im Zimmer und geht auf meine Frau zu. Es war mir unmöglich, mich zu bewegen. Mit einem wilden Griff reißt Othello eine Vorhangschnur vom Fenster und schlingt sie um den Hals meiner Frau. Sie wacht auf und schreit gellend um Hilfe. ›Carlo‹, hat sie gerufen, so heiße ich nämlich mit dem Vornamen, ›Carlo, bitte, bitte, bring mich nicht um. Laß mich am Leben. Was hab' ich dir denn getan!‹ Das war das Letzte, was sie sprechen konnte, denn im selben Moment schnürte der schwarze Eindringling ihr auch schon die Kehle zu. Ich mußte zusehen. Ich konnte ihn auch nicht zurückhalten, als er, nachdem meine Frau leblos zu Boden gesunken war, wieder verschwand. Die Nachbarn öffneten gewaltsam die Tür zu unserer Wohnung. Ich hörte Frau Wondel, die neben uns wohnte, empört schreien: ›Des hamma jo gleich gwußt, daß der Katzlfresser no amol sei liabe Frau umbringen wird!‹«

»Aber das ist ja –«, Poldonis Erzählung schien mir unglaublich. Doch wieder schnitt er mir das Wort ab. »Sagen Sie ja nicht unmöglich, mein Herr. Ich sage Ihnen, es war genau so, wie ich es Ihnen erzählt habe. Doch was sollte ich tun. Meine Frau rief in ihrer Todesangst meinen Namen. Und ich weiß, daß mich viele für einen Farbigen halten. Ich leide stark an meiner Schilddrüse, werde sehr leicht braun und habe gelocktes Haar. In den letzten elf Jahren ist es grau geworden. Ich habe vor Gericht gar nicht versucht, den wahren Sachverhalt zu schildern. Mein Verteidiger riet mir zu sagen, ich hätte aus Eifersucht gehandelt. Ein guter Freund von mir war bereit zu bezeugen, daß er der Liebhaber meiner Frau war. Affekt, mildernde Umstände, na ja.«

Noch bevor ich Zeit hatte, irgendwelche Worte der Anteilnahme zu finden, erschien Sopherl im Türrahmen. »Wou isn di Minna? Da Amlet wird jo kolt, und da Gliawein is a scho loung goa.«

»Minna, Minna!« rief ich wieder. Doch Minna kam nicht. »Sie ist beim Fernsehen«, sagte ich zu Sopherl. »Minna, kim aussa«, kreischte sie erfolglos wie ich.

Ich wollte aufstehen und nach Minna schauen. Doch Ing. Poldoni hielt mich ganz fest an meinem Arm und drückte mich nieder auf meinen Sessel. »Sie bleiben da«, sagte er gedämpft. Und laut: »Gehn's, Sopherl, schaun's doch einmal nach, vielleicht is gar eing'schlafen beim Fernsehen.«

Unsicher watschelte Sopherl ins Extrazimmer. Lange hörte man nichts. Dann einen spitzen Schrei. Mit einer Schnur in der Hand stand sie zitternd vor uns. Sie brachte vor Aufregung kein Wort heraus.

»Nicht weich werden!« befahl mir Poldoni leise.

»No, was ist denn mit der Minna?« fragte er.

Sopherl stand da. Mit viel Mühe stammelte sie: »Dawiagt hots ana, mit dera Schnua do.«

»Wer hat sie denn erwürgt?« fragte Poldoni.

Sopherl stand stumm da. Sie brachte kein Wort heraus.

Unvermittelt brüllte Poldoni: »Sie haben die Minna erwürgt!« Ich wollte protestieren. Doch wieder umklammerte er meinen Arm. Drohend schaute er mich an. »Lassen Sie mich machen. Sonst kommen wir beide hinter Gitter. Und diesmal länger als elf Jahre. Denken Sie doch logisch!«

Der Rest der Affäre war Routine der Kriminalpolizei und des Gerichtes.

Besuch im Coupé

Ich lag denkbar unbequem. Die verstellbare Kopfstütze des Sitzes hatte ich soweit als möglich heruntergezogen, meine Beine auf den leeren Platz gegenüber gelegt. Im Kreuz schmerzte mich der Rand meines Sitzes, im Genick die herabgezogene Kopfstütze. Ich hielt mein Gesicht unnatürlich starr zur Armlehne gewendet. So hoffte ich, dem Fahrtwind, der durch das schlecht schließende Fenster eindrang und mich bisher am Einschlafen gehindert hatte, am besten auszuweichen.

Doch es nützte nichts. Der feuchtkalte Hauch der Herbstnacht wehte mir mit widerwärtiger Ausdauer über meine linke Gesichtshälfte. Kurze Unterbrechungen gab es nur in den kleinen Stationen, wo der Zug einige Augenblicke hielt, und da wieder störten mich die Neonlichter, die ich auch mit geschlossenen Augen jedesmal durch den nicht ganz schließenden Fenstervorhang meines Coupés beinahe schmerzhaft wahrnahm. So sollte das also die ganze Nacht und den halben nächsten Tag weitergehen. Durch verschiedene, noch unbequemere Varianten meiner Kopfpositionen versuchte ich dem eindringenden Lufthauch zu entgehen. Doch vergeblich. Bald spürte ich den Fahrtwind um den Mund, bald um die Ohren, bettete ich mich höher, wieder um das Kinn und um die Wangen.

Visionen von Krankheiten, die ich mir durch diesen ständigen Luftzug im Verlauf der Nacht zuziehen könnte, stiegen in mir auf. Ohrenreißen, Husten, Stirnhöhlenkatarrh, Neuralgien, Zahnschmerzen, Schluckbeschwerden und am Ende gar Fieber könnten die Folgen dieser Fahrt sein. Und das in einem Oststaat, wo ich mich den Ärzten nur schwer verständlich machen konnte und die Namen der Heilmittel nicht kannte. Und meine Reiseapotheke bestand lediglich aus Tabletten zur Regelung der Verdauung.

Und gerade die würde dann – boshafterweise – bestens funktionieren. Nachdem meine Unruhe stark genug angewachsen war, um meine Trägheit zu überwinden, sprang ich auf, packte meinen Staubmantel, mit dem ich mich zugedeckt hatte, und legte mich in die entgegengesetzte Richtung. Ich empfand eine angenehme Wärme im Gesicht. Dieselbe angenehme Wärme, die ich in den Stationen verspürte, in denen der Zug kurz hielt.

Nun aber strich mir der Fahrtwind über meine Füße. Doch das störte mich weniger. Vielmehr der Umstand, daß ich nun mit dem

Kopf voran – gegen die Fahrtrichtung – in den ungewissen Osten fuhr. Dennoch schloß ich die Augen. Ich stellte mir vor, ich läge zu Hause im Bett, und das Rattern der Räder wäre zu nichts anderem da, als mich durch seinen gleichmäßigen Rhythmus sanft einzuschläfern. Ich legte mich zur Seite. Bald wußte ich nicht mehr, in welche Richtung ich fuhr. Meine Unzufriedenheit mit der Position, die ich zugluftbedingt einnehmen mußte, verlor gewissermaßen die Orientierung. Ich spürte nur noch das Wiegen der Waggonfedern.

Dieser Verlust der Unzufriedenheit beunruhigte mich. Ich schloß sogar die Möglichkeit nicht aus, der Zug könnte, ohne daß ich es gemerkt hätte, die Richtung geändert haben. Ich öffnete die Augen. Ich schaute durch die Ritze, die der Fenstervorhang offenließ und durch die an den Stationen immer die grellen Neonlichter eindrangen, und sah an den Schemen der Bäume und der niederen Bauernhäuser, an den Zäunen, an den merkwürdig auf- und absteigenden Leitungsdrähten, daß die Richtung die gleiche war.

Als ich mich wieder hinlegte, fiel mein Blick auf einen Becher unter dem Sitz mir gegenüber. Im Takt der Räder schaukelte er zwischen der Wand des Coupés und dem Ende des Bodenbelages hin und her. Bei einer scharfen Biegung überwand er den Widerstand, den ihm der Metallsaum des Bodenbelages geboten hatte, und kollerte in die Mitte des Coupés. Dort beschrieb er zwischen den in den Teppich eingewobenen Anfangsbuchstaben des östlichen Eisenbahnunternehmens kleine Kreissegmente.

Es war ein beruhigender Anblick. Beinahe wäre ich eingeschlafen. Doch im letzten Moment, der mich noch vom Schlaf trennte, in dem Augenblick, in dem die Ereignisse und die Eindrücke des Tages wider alle Logik die merkwürdigsten und absurdesten Verbindungen eingehen, hörte ich die Stimme meines Freundes: »Dann gehört's eben nicht dir, und niemand kann dir was machen.« Ich hatte nämlich um einen Spottpreis Ostgeld gekauft und ihn gefragt, wie ich es am besten über die Grenze schaffen könnte. Und der Rat, es unter dem Teppich des Abteils zu verstecken und nicht im persönlichen Gepäck, fiel mir nun im Halbschlaf wieder ein. Ich hatte ihn nicht befolgt, sondern die Banknoten ganz klein zusammengefaltet und in meinen Rasierapparat gestopft.

Wie, wenn man von mir verlangte, den Rasierapparat zu öffnen? Ich war sicher nicht der erste und einzige, der einen Rasierapparat als Geldversteck benützte. Zwar hatte ich schon oft die Grenzen zum Ostblock passiert, und noch nie hatte man von mir verlangt, daß ich meinen Koffer öffne, geschweige denn den Rasierapparat. Warum sollte man es diesmal wollen?

Und wenn? Ich stellte mir den Zollbeamten vor. Groß, dick und naiv. Oder klein, finster und energisch. Wie würde er reagieren, wenn er das Geld entdeckte? Ich müßte ihm folgen. Durch den Gang des Waggons, über die unbequemen Stufen hinunter auf den Bahnsteig, wo mich die Neonlampen blenden würden, hinein in ein nüchternes Amtszimmer; dort würde man mich in unverständlicher Sprache ausfragen und am Ende gar festhalten.

Die Leute wissen schon, warum sie das verbotene Geld nicht bei sich tragen, wenn sie die Grenze passieren. »Auch am Clo geht es«, hatte mir mein Freund noch vor der Abreise gesagt.

Es stand jedenfalls für mich fest, daß das Geld nicht im Rasierapparat bleiben dürfte. Es unter den Läufer zu schieben, auf dem der Becher noch immer gemütlich wackelte, schien mir aber auch zu unsicher. Das Clo erwog ich erst gar nicht näher.

Wohin mit dem Geld? Ich war aufgesprungen und stand in den Socken im Abteil, schaltete das große Licht ein und begann, alle Fugen und Winkel auf ihre Eignung als Geldversteck zu untersuchen. In den Ritzen der Sitze? Das schien mir zu einfallslos. Ein banaler Schwindel. Im Becher, der sich friedlich wiegte? Wenn ich ihn unter die Sitze in eine Ecke stellte? Oder in das Abfallfach legte? Aber wie, wenn eine Putzfrau käme und ihn wegräumte? In der Ritze des schlechtschließenden Fensters? Von dort könnte es wieder der Fahrtwind wegblasen. Ich überlegte lange. Schließlich schien es mir am günstigsten, das Geld unter den Schonbezug der Kopfstütze des Nebensitzes zu stecken.

Sämtliche der von den Haarcremen der Reisenden schon recht abgeschmierten Leinenbezüge, in die die Anfangsbuchstaben des Eisenbahnunternehmens ebenfalls eingewoben waren, abzustreifen und auf eventuell verborgenes Geld zu untersuchen, würde den Zollbeamten doch zu beschwerlich sein. Ich drehte das große Licht wieder ab, holte meinen Koffer aus dem Gepäcksnetz, öffnete ihn, suchte lange und hastig nach dem Rasierapparat, nahm das Geld heraus und steckte es hinter den Polsterbezug meines Nebensitzes.

Nun war ich sicher. Und sollte es der Zollbeamte doch finden, könnte ich immer noch sagen, das Geld wäre nicht von mir. Jedenfalls würde man mir nichts beweisen können.

Während meiner Manipulationen mußte ich den Kaffeebecher unter irgendeinen Sitz getreten haben. Als ich wieder lag, sah ich ihn nicht mehr. Ich schlief ein.

Aber für nicht sehr lange. Stimmengewirr im zischlautreichen Idiom des Landes, wohin ich unterwegs war, Aufreißen und Zuschlagen der Waggon- und Coupétüren und unverständliche Lautsprecherdurchsagen weckten mich. Als ich die Augen öffnete, schmerzte mich wieder das Licht hoher Neonlampen, die durch den schlecht schließenden Vorhang schienen. Wir waren an der Grenze.

Aus Erfahrung wußte ich, daß in den Oststaaten die Abteile erster Klasse von den in alle Winkel der Züge sickernden Reisenden meist verschont blieben. Manchmal hatte ich auf solchen Fahrten sogar ein Schuldgefühl. Sie saßen und lagen in den Gängen der Waggons, und nur manchmal stahl sich ein Kind oder eine müde Frau in das gepolsterte Abteil, um sich kurz hinzusetzen; stets auf der Lauer, da sie wußten, der Schaffner würde sie mit barschen Worten und, wenn es sein mußte, auch mit ein paar Püffen wieder in den unwirtlichen und überfüllten Gang hinauskomplimentieren.

Schon hörte ich die ersten im Gang geräuschvoll die besten Plätze besetzen. Das in den Zügen durch slawische Länder unaufhörliche Hin und Her setzte ein. Ich wußte, permanente Unruhe würde mich für den Rest meiner Reise umgeben. Ich kannte diese Unruhe. Sie ist friedfertig und harmlos, ein spezifisches Lebensmerkmal des slawischen Volkes. Diese Unruhe hatte auch ihre sympathischen Seiten. So manches Mal, als ich mir auf einer meiner Balkanfahrten durch den verstopften Gang den Weg zur Toilette bahnte, hatte ich schon erlebt, daß mir ein einfacher Mann mit ermunternder Geste seine Sliwowitzflasche hinhielt oder eine Frau mich mit rührender Hartnäckigkeit nötigte, ein Stück kreidebleichen Käse oder eine Scheibe Wurst zu essen, deren Knoblauchgeruch den ganzen Waggon erfüllte.

Mit derlei versöhnlichen Gedanken versuchte ich mir die Kraft zu verschaffen, alles, was mir diese Nacht noch bevorstand, möglichst ungerührt zu ertragen. Da flog plötzlich die Tür zu meinem Abteil auf. Zunächst sah ich nur das Licht einer sehr starken Taschenlampe, dann wurde das Deckenlicht eingeschaltet. Ein niedrigchargierter Grenzpolizist griff, einige unverständliche Worte murmelnd, in die Ritzen zwischen der Polsterung, wendete hastig die Kopfstützen, leuchtete unter die Sitze, entdeckte den Becher, holte ihn mit einer Stange hervor, schaute flüchtig zu mir, der ich, halbaufgerichtet und zu überrascht, um Angst zu haben, auf meiner unbequemen Liegestätte kauerte, und schlug auch schon wieder die Tür hinter sich zu, um im nächsten Abteil seine stürmischen Suchaktionen fortzusetzen.

Der uniformierte Störenfried hatte den Waggon schon längst verlassen, als sich der Schock, den ich erlitten hatte, langsam in Angst aufzulösen begann. Ich spürte die mir aus anderen Situationen bekannte Unruhe in der Magengegend, mein Mund war trocken, und ich wußte, meine Beine würden mich, stünde ich jetzt auf, nur schwer tragen.

Doch ich mußte. Nach einer Zeit erhob ich mich also und richtete die vom amtlichen Sucher arg in Unordnung gebrachten Sitze wieder zurecht, drehte das große Licht ab, griff unauffällig hinter den Polsterbezug des einen Sitzes, wo ich mein Geld versteckt hatte, zog sogar eine Note hervor, um nachzusehen, ob es auch wirklich noch dasselbe Geld war, das ich hineingesteckt hatte, und legte mich dann erleichtert wieder hin. Der Kaffeebecher, dem ich das Geld anvertrauen wollte und der auch prompt den Verdacht des Zöllners erregt hatte, lag jetzt unmittelbar und, weil der Zug noch immer stand, ganz reglos unter mir.

Endlich fuhren wir weiter. Es kam der Schaffner. Er verzichtete auf das große Licht und überprüfte mein Billett im Gang nur flüchtig. Dann kam die Paßkontrolle. Nun wurde das große Licht wieder aufgedreht, mit kritischem Blick wurde überprüft, ob das Paßbild, das Bild auf dem Visum zu mir, dem nach wie vor nicht sehr bequem im Coupé Lungernden, paßten. Es folgte die Zollkontrolle. Ich zeigte wieder meinen Paß mit der verlogenen Devisenerklärung und wartete auf peinliche Fragen. Doch der Zollbeamte reichte mir meine Papiere und sagte sogar mit einem Anflug von Höflichkeit »Danke«. Als sich die Tür hinter dem Zollbeamten schloß, fiel ich erlöst zurück auf meine Liegestatt, schaute kurz auf den Becher, der wieder mit sinnlosem Fleiß auf dem Teppich zwischen den eingewobenen Anfangsbuchstaben des Eisenbahnunternehmens Kreissegmente beschrieb, und schlief bald ein.

Das Anhalten in den Stationen geschah, seit wir die Grenze passiert hatten, sehr unsanft. Ich wachte auf. Im grellen Schein der starken Lichter versuchte ich durch die Ritzen des Vorhanges festzustellen, in welchem Ort der Zug hielt, wenn mir auch die Namen mit den vielen Akzenten, die in schwarzer Schrift auf den weißen Tafeln standen, wenig sagten.

Manchmal konnte ich die weiblichen Fahrdienstleiter beobachten. Ihre Dienstmützen lagen lose auf den ondulierten Haaren, die rundlichen Formen dieser Frauen wirkten in den Uniformen sehr skurril. Die Fahrt verlief mühsam. Als sich der Zug von einer solchen Station ebenso ruckartig, wie er angehalten hatte, wieder weiterbewegte, öffnete sich die Tür zu meinem Abteil, und ein alter Mann trat ein. Gestützt auf einen Stock, in der anderen Hand ein Netz, blickte er mit kauenden Mundbewegungen um sich, drehte das große Licht an, musterte mich, zog seinen Mantel aus, warf ihn über einen Sitz, hängte sein Netz an einen Haken und setzte sich hin. Ich spielte den Schlafenden.

Gewöhnlich war ich über solche Eindringlinge wütend. Außerdem sah ich an der schäbigen Kleidung des Alten, daß er sicher keine Fahrkarte für die erste Klasse besaß, sondern nur solange im Abteil bleiben würde, bis der Schaffner käme. Dann würde er für kurze Zeit in den Gang gehen und, sobald der Schaffner den Waggon verließ, wieder hereinkommen. Obwohl ich mich so lange als möglich schlafend zu stellen gedachte, versuchte ich meinen ungebetenen Besucher heimlich zu beobachten.

Das ging aber nur schwer, weil mich dieser mit merkwürdig wachen blauen Augen, die seinem schmalen und zerfurchten Gesicht einen dreisten Ausdruck verliehen, unentwegt anschaute. Der Blick des Alten war so scharf, daß er mich irritierte. Ich tat so, als würde ich erwachen.

Kaum bewegte ich mich, sagte der Alte mit eigentümlich rollendem Akzent in gebrochenem Deutsch: »Sie sind Österreicher, das würde ich wohl meinen, wenn ich mir sehr höflich diese Feststellung erlauben darf?«

Erstaunt über diese in ein altertümliches Briefstellerdeutsch verpackte Frage, sagte ich knapp: »Ja«.

»Hm, hm, hm, ja, ja, ja, ja, so«, rollte es aus dem Mund meines Besuchers, »ja, hm, hm, ich habe die Nase.«

Das sollte offensichtlich heißen, ich habe eine gute Nase. Ich antwortete nicht.

Der Alte holte mit dem Griff seines Stockes den Kaffeebecher, der vor meiner Liegestatt schaukelte, zu sich heran und begann die Bewegungen desselben zu hemmen. Dieser Eingriff in das schaukelnde Idyll hielt ihn allerdings nicht ab, den eröffneten Dialog fortzusetzen. »Ich kenne Österreich, ich hatte die große Freude, dieses Land vor dem Kriege, aber auch im Kriege« – und er betonte die Dativendungen besonders stark – »mehrmals zu besuchen. Ich war Chauffeur bei einem russischen Oberst. Und ich habe die

Befreiung des Österreichs miterlebt. Mehrere Monate auch noch nach dem Schlusse des Krieges war ich in der eisernen Stadt und habe meinen Herrn oft nach dem Wieden geführt.«

Der Alte meinte Eisenstadt, von wo er seinen Herrn öfters nach Wien gefahren hatte.

»Ja, ja, ich kenne die Österreicher. Sie sind außerordentlich freundschaftliche Leute. Ich bin ein langjähriger Nichtraucher, und da habe ich aus diesem Grunde auf meine Zigarettenrationen leicht verzichten können und sie dem Vater eines ausnehmend angenehmen äußerlichen jungen Fräuleins geschenkt.« Der Alte lachte wieder auf seine merkwürdig rollende Art.

»Aber«, sagte ich höflich. Das Reden machte mir Mühe und die Höflichkeit auch. Denn der Alte, der sich da vor mir nun als Freund Österreichs entpuppte, roch unerträglich penetrant nach Urin. Ich überlegte, ob ich meine Position nicht wieder ändern sollte, um mich durch den eindringenden Fahrtwind mit frischer Luft zu versorgen.

»Ja, ja, das waren noch angenehme Zeiten. Ich liebe das Österreich heute noch, obwohl ja wohl nur noch geringe Aussicht zu hoffen sein wird, daß ich noch einmal das Vergnügen haben werde, alle meine vielen lieben österreichischen Freunde in der eisernen Stadt und auch in Wieden aufzufrischen. Ich habe mir ihre Anschriften genau aufgeschrieben, und wir stehen noch in der regen Korrespondenz.« Er holte eine zerrissene Brieftasche hervor, in der mehrere Briefe, auf denen tatsächlich österreichische Marken klebten, sorgfältig eingelegt waren. Während der Alte seine enge Verbundenheit mit Österreich durch Indizien zu beweisen suchte, kam der Schaffner. Wie nicht anders erwartet, hatte der Alte nur eine Fahrkarte zweiter Klasse. Sie stak neben den Briefen im Portefeuille.

Der Dialog zwischen dem Alten und dem Schaffner war sehr erregt. Schließlich brach der Alte mit weltmännisch resignierender Pose die Debatte ab, öffnete die Brieftasche und machte Anstalten, den erforderlichen Betrag auf die erste Klasse aufzuzahlen. Doch es dauerte merkwürdig lange, bis er, bei der Ordnung, die sonst in seiner Brieftasche herrschte, das Geld fand. Endlich zog er einen abgegriffenen Zwanzig-Zloty-Schein heraus und reichte diesen verdrossen dem Schaffner.

Dem folgenden Dialog war zu entnehmen, daß das Geld nicht ausreichte und der Alte das Abteil räumen mußte.

»Es war außerordentlich angenehm, mit Ihnen zu plaudern, doch wegen einer bedauerlichen Geldverlegenheit muß ich meine Trainreise in einem Abteil für die zweite Klasse fortsetzen«, sagte der Alte in seiner umständlichen, großsprecherischen Art und griff nach seinem Mantel.

Obwohl ich mir nichts sehnlicher wünschte, als diesen nach Urin riechenden Eindringling möglichst bald loszuwerden, hörte ich mich plötzlich sagen, daß ich selbstverständlich gerne bereit wäre, das fehlende Geld für ihn auszulegen.

»Es ist eine ganz hervorragende Selbstverständlichkeit für mich, daß ich Ihnen das Geld wieder zurückerstatte. Nur unter dieser Bedingung bin ich in der Lage, daß ich diesen Vorschlag akzeptiere.« Darauf drehte sich der Alte wieder zum Schaffner und erklärte ihm, was nun geschehen solle.

Es war nicht so einfach. Die Zlotys waren hinter dem Schonbezug des Sitzes, auf dem der Alte saß. Offiziell durfte ich also nur Schilling haben. Ein im Zug amtierender Geldwechsler mußte geholt werden, bei dem ich zu einem Wucherkurs die notwendige Summe und, um nicht aufzufallen, gleich etwas mehr Zlotys kaufte.

Als die Prozedur vorüber war, steckte der Alte die Quittung über den aufgezahlten Fahrpreis umständlich zu den Briefen und den übrigen Papieren in sein Portefeuille und steckte es wieder in seine Rocktasche. Der Uringeruch, der von ihm ausging, war unerträglich geworden.

So unerträglich wie die umständlichen, nicht enden wollenden Dankestiraden, mit denen der Alte mich nun belästigte.

Ich ließ mich jedoch durch den unaufhörlichen Redestrom des Alten, der nun durch dessen Erregung zum Teil ganz unverständlich war, nicht abhalten und drehte mich um, so daß ich mit den Füßen voran weiterfuhr. Der Fahrtwind, der mir wieder über das Gesicht strich, war mir nun willkommen.

Der Alte schien bemerkt zu haben, daß ich meine Ruhe haben wollte, und sagte: »Ja, mein verehrter Herr, Sie sind müde, jetzt werde ich auch schlafen. Ich habe eine Stunde Zeit, bis ich in derselben Stadt eintreffe, in welcher mein Sohn mit seinem Weibe berufsbedingt weilt. Ich möchte ihn nämlich besuchen und einige Geschenke mitbringen.« Er deutete auf das Netz, in dem ich eine Flasche und mehrere Pakete sah. »Aber Sie müssen mir, bevor ich den Train verlasse, noch unbedingt Ihre Anschrift mitteilen, damit ich Ihnen das Geld schicken kann. Daß ich nur nicht verspätet erwache. Ich bin nämlich auch sehr müde. Obwohl ich schon sehr alt bin, bin ich ständig in dem Laufe.«

Ich gab ihm keine Antwort darauf. Ich wußte, der Alte wollte hören, daß er noch jung aussehe, um dann sein wirkliches Alter anbringen zu können. Ich hielt ihn für einen wodkakonservierten Siebziger. Durch mein Schweigen unbefriedigt, hatte der Alte seinen Kopfpolster heruntergezogen und sich neben mich gebettet. Wir lagen wie in Ehebetten. Ich hatte geschlafen. Durch das ruckartige Anhalten des Zuges erwachte ich. Ich hörte den Alten neben mir schnarchen. Sein Mund war halb geöffnet, und beim Schein des eindringenden Lichtes sah ich, daß sein Gaumen unter dem vergilbten falschen Gebiß weggeschrumpft war. Es wirkte viel zu groß. Daher auch die kauenden Bewegungen.

Durch das in allen Stationen übliche Gepolter im Gang wurde auch der Alte wach. Er schaute durch die Vorhangritze und beugte sich dabei über mich wie ein Liebhaber beim »Guten-Morgen«-Kuß. Dann sagte er: »Jetzt wird es sehr bald Zeit für mich sein, daß ich diesen Train verlasse.« Dem Tonfall nach war zu erkennen, daß er noch hatte weitersprechen wollen; doch da erstarrte plötzlich sein gelbes Gebiß, auch die kauenden Bewegungen setzten aus, und sein Gesicht bekam einen glücklich gespannten Ausdruck. Langsam und zart begann er seinen Kopfpolster zu liebkosen, als hielte er die Tochter jenes Burgenländers in seinen Armen, dem er seine Zigarettenrationen schenkte. Dann griff er mit seinen knochigen Händen unsicher über die in den Polsterbezug eingewobenen Anfangsbuchstaben des östlichen Eisenbahnunternehmens. Endlich hatte er sich an den Rand des Bezuges vorgetastet und fuhr zittrig unter das abgeschmierte Leinen. Stumm und unnahbar, fast feierlich zog er einen Geldschein nach dem anderen heraus.

Ich lag da wie im Traum. Unfähig einzugreifen, verfolgte ich die verhängnisvollen Aktionen meines stinkenden Bettgenossen. Ich wollte sagen: »Halt, mein lieber Mann, dieses Geld gehört mir!« Mir war übel, und ich wußte, vor Aufregung würde ich jetzt so schwach sein, daß mich selbst dieser klapprige Alte bei einem eventuellen Handgemenge überwältigen würde. Sollte ich um Hilfe rufen? Das konnte ich nicht, weil ich hätte zugeben müssen, daß ich Geld schmuggeln wollte. Ich überlegte, ob ich den Alten um Verständnis bitten sollte; er hatte doch eine Schwäche für die Österreicher. Wie, wenn er mich anzeigte?

Der aber lächelte. »Sehen Sie, mein Herr, so sind die Leute. Sie respektieren unsere Gesetze nicht. Und haben doch so viel Geld, daß sie es in dem Verstecke, wo sie es verbergten, vergessen.« Und bedächtig holte er seine Brieftasche aus seinem spiegelnden Rock und schob Schein für Schein sorgfältig zu den Briefen. Er lutschte an seinem Gebiß und zitterte vor Aufregung. Die Quittung für die Aufzahlung zur ersten Klasse fiel neben den Becher auf den Boden. Er bückte sich und sagte: »Ja, mein sehr verehrter Herr, jetzt bin ich in der außerordentlich angenehmen Lage, Ihnen das Geld zurückzuerstatten, das Sie mir früher vorstreckten. Sie wissen ja«, und seine Stimme bekam geheuchelt energischen Charakter, »ich habe Ihren Vorschlag nur unter der Kondition akzeptieren können, daß ich Ihnen das Geld retourniere.« Er schaute umständlich auf die Quittung. Sagte: »Zwanzig Zloty konnte ich bezahlen, und die restlichen achtzehn darf ich Ihnen nun geben.« Er hielt mir einen Fünfzig-Zloty-Schein hin. Wortlos gab ich ihm die restlichen zweiunddreißig Zloty zurück. »Ja, ja, die Leute aus dem Westen«, hörte ich den Alten philosophieren, »und ich habe, wenn ich mich in einer vorübergehenden Verlegenheit aufhalte, nicht einmal das Geld für eine Trainreise erster Klasse.«

Dann zog er seinen Mantel an, nahm das Netz vom Haken und, gestützt auf seinen Stock, sagte er noch im Hinausgehen: »Verehrter Herr, ich danke Ihnen nochmals ganz tief für Ihre außerordentliche Liebenswürdigkeit, mich in meiner Trainreise so großzügig zu unterstützen und mir für kurze Zeit das Geld zu borgen für die erste Klasse. Es war wirklich eine große Ehre. Ich wünsche Ihnen vom ganzen Herzen eine glückliche Reise. Grüßen Sie mir Ihr schönes Heimatland.« »Aber bitte, bitte, auf Wiedersehen!« war alles, was ich herausbrachte. Ruckartig hielt der Zug, so daß die Tür, die der Alte offengelassen hatte, von selbst zuschlug und der Becher, der die ganze letzte Phase der Fahrt über, unberührt von aller Aufregung, friedlich seine Kreissegmente gezeichnet hatte, wieder unter den Sitz rollte, wo ich ihn zuerst entdeckt hatte.

Durch den Ritz im Vorhang drangen wieder die Bahnhoflichter, und ich überlegte, ob ich nun, da ich wieder allein war, mich nicht doch besser in die andere Richtung legen sollte, da ich Angst vor einer möglichen Erkältung hatte.

Der Vater

Erschöpft saß er im Zimmer. Erschöpft wie schon lange nicht. Und die Erleichterung, die er sich von diesem Morgen erwartet hatte, blieb aus. Er hörte vor dem Haus die Türen des Taxis zuschlagen. Seine Frau brachte Alexander in das Internat. Das Internat. Damit hatten sie Alexander schon seit vier Jahren gedroht, und der Entschluß, die Drohung wahrzumachen, war ihnen schwergefallen.

Er war müde. Müde wie nach einer schweren Krankheit oder vor einer schweren Krankheit. Er starrte auf die Glasscheibe der Tür. Sie hatte einen großen Sprung. Der Sprung war schon seit dem Sommer in der Tür. An einem trüben Tag hatte er Alexander verboten, baden zu gehen. Unruhig zuckte er mit dem Kopf, als wollte er den Schwimmflossen und der Taucherbrille ausweichen, die Alexander damals nach ihm geworfen hatte. Das Glas der Tür war erst vom Schirmständer zerbrochen, der den Flossen und der Brille gefolgt war.

Die Sprünge in der Mauer über den Türstöcken erinnerten ihn an die Tage, an denen Alexander lärmend die Türen zuschlug oder sie zuhielt, um ihm oder seiner Frau den Zutritt ins Zimmer zu verwehren, oder gar mit den Fäusten dagegentrommelte, zum Beispiel, wenn das Klo besetzt war.

So erschöpft war er, als hätten sich alle diese Szenen an diesem Morgen nochmals abgespielt; er hatte nicht einmal die Kraft, nun, da er ruhigeren Monaten entgegenging, darüber nachzudenken, was so falsch war an seiner Erziehung, was er versäumt hatte im Laufe der Jahre, daß Alexander ihm und seiner Frau so ganz entgleiten konnte.

Der Teppich war übersät mit getrockneten Wasserflöhen. Futter für die Fische im Aquarium. Diesen Morgen hatte der Bub sie, boshaft lachend, auf den Boden gestreut, damit »die Schweine noch was zu tun haben zu Hause«, wenn er nicht mehr da ist. Alexanders Bett war voll von gepreßten Blumen und toten Schmetterlingen, und der Hamster, den der Bub ebenfalls aus Protest gegen seinen Abtransport aus dem Käfig ausgelassen hatte, irrte ziellos zwischen den Stuhlbeinen umher.

Er konnte keinen klaren Gedanken fassen. Alexander hat mich überrollt, dachte er. Alles, was er seinem Sohn längst schon verziehen hatte – und vieles hatte er auch schon vergessen –, zog an ihm vorbei. Nicht weniger peinigend als damals, als es sich tatsächlich zutrug. Die Tage zum Beispiel, als alle Nachbarn aufgehört hatten, mit ihm zu sprechen. Schließlich hatten sie nicht einmal mehr auf seinen Gruß gedankt, und er hatte nicht gewußt warum. Bis seine Frau ihm erzählt hatte, eine Bekannte, die es gut mit ihr meinte, hätte ihr gesagt, Alexander zeige allen Bekannten, anstatt zu grüßen, die Zunge. Oder die furchtbare Zeit, in der Alexander vor allen Besuchern sagte: »Ich weiß schon, was die Fut ist.« Und jeden, der zu ihnen kam, angrinste und triumphierend mitteilte: »Die Mama hat eine Fut und der Papa einen Schwanz.«

Wie ausgeliefert war er allen gewesen, die Zeugen dieser Äußerungen Alexanders wurden, wie dankbar, wenn die Besucher mit Lachen reagierten, und wie peinlich berührt, wenn sie entsetzt schwiegen oder sich gar, wie einer seiner Kollegen, bald darauf frostig verabschiedeten.

Er sprang auf und lief zum Kinderwagen, in dem die Jüngste lag. Renate, laut Alexander »von der Mama und vom Papa schweinisch zusammengevögelt«. Der Hamster kletterte das Korbgeflecht des Wagens hinauf. Er packte ihn und warf ihn in seinen Käfig, der neben dem Ofen stand.

Hätte Alexander das gesehen, sicher wäre er brüllend über ihn hergefallen und hätte, mit den Fäusten auf ihn einschlagend, gedroht: »Wenn du meine Tiere nicht in Ruhe läßt, hau' ich dir deinen Eierschädel ein.«

Er setzte sich wieder hin. Er starrte ins Leere und hoffte, die Schreckbilder seiner gescheiterten Erziehung an Alexander würden abbrechen. Wie immer, wenn er sehr aufgeregt war, sah er kleine, durchsichtige Flocken. Bald schwebten sie, dann wieder zuckten sie wie Seepferdchen; sein Arzt, dem er einmal davon erzählt hatte, bezeichnete sie als »mouches volantes« – Symptome nervöser Überreizung.

Station um Station dieser aufreibenden Jahre kam unerbittlich auf ihn zu. Die ihm so unangenehme Szene, als er einmal einem Freund von seinen Schwierigkeiten mit Alexander erzählt und ihn gefragt hatte, was er tun solle, da das Schlagen und das Schimpfen nichts nütze, und dieser ihm geraten hatte, dem Buben jedesmal, wenn er etwas anstellte, einfach einen Geldbetrag aus der Sparkasse zu nehmen. In Anwesenheit des Freundes hatte er diesen Rat befolgt. Mit dem Erfolg, daß Alexander ihn vor dem Besuch als »geiziges

Schwein, das nur Geld will« bezeichnete.

Auf dem Tisch lag noch aufgeschlagen das Mickey-Mouse-Heft, das Alexander eine Stunde vor seinem Abtransport gelesen hatte. Diese Mickey-Mouse-Hefte hatten ihm in letzter Zeit auch Sorgen gemacht. Mit vierzehn Jahren las Alexander noch Mickey-Mouse-Hefte. Sie allein interessierten ihn. Mit ihnen hatte er sich auch an diesem Morgen über den bevorstehenden Abschied, der ihm schwerfiel, hinweggetröstet.

Und dieser Abschied war schlimm genug. Als es geheißen hatte, er müsse sich anziehen, warf er sich auf den Boden und schlug wie wild um sich. Jedem, der sich ihm mit einem Kleidungsstück nähern wollte, versetzte er schmerzhafte Tritte. Alexander brüllte, daß er Angst hatte, die Nachbarn könnten glauben, der Bub würde aufs ärgste mißhandelt. Als es der Mutter gelungen war, ihn aufzurichten und ihm ein Hemd anzuziehen, spuckte er ihr ins Gesicht. Wie besessen hatte er die Blätter aus seinen Schulbüchern gerissen und sich schließlich mit halbangezogenem Mantel am Stiegengeländer festgehalten. Er wollte das Haus nicht verlassen. Den Vorübergehenden hatte er nachgebrüllt: »Ich muß ins Internat, damit die alten Schweine jetzt besser vögeln können. Aber die Renate, die soll sich jede Nacht zehnmal anscheißen, daß ihr keine Ruh' habt!« Er hatte es gehört bis hinauf in den zweiten Stock und schämte sich vor den übrigen Hausbewohnern, fast noch mehr als damals, als Alexander allen die Zunge gezeigt hatte.

Er überlegte, ob er heute nicht besser zu Hause bleiben und sich im Stiegenhaus gar nicht zeigen sollte.

Die »mouches volantes« irritierten ihn immer stärker. Seilförmig und lang stand eine solche Wahngestalt farblos und unbeweglich über Renates Kinderwagen. Sie wurde größer. Sie wuchs und wuchs. Er sah, wie sich das bleiche Gebilde langsam ihm zuneigte. Er hatte Angst vor dieser glatten, geschmeidigen Wäscheleine. Er nahm sich vor, nun, da er mehr Zeit haben würde, wieder den Arzt aufzusuchen. Die Leine wurde länger und länger, und noch bevor er Zeit gehabt hätte, aufzuspringen und sich in Sicherheit zu bringen, hatte sie sich um seinen Hals geschlungen und ließ ihn erst wieder los, als er tot auf den mit getrockneten Wasserflöhen übersäten Teppich fiel.

Jagd

»Und der Oberst Roschin ist ein ganz besonderes Kapitel. Na, da muß ich Ihnen noch was erzählen. Wenn wir oben sind am Hochsitz. In Ruhe. Meine Frau hat mir a Schnapserl einpackt. Und ein kleines Tischerl haben wir auch oben. Zum Armaufstützen, wenn man mit dem Feldstecher schaut und einen Anblick hat. Aber auch für die Stamperln. Ist ja wirklich charmant, daß der Herr Ingenieur einmal Zeit hat. Na, glauben S' mir, wie oft hab ich zu meiner Frau gsagt, mit dem Ingenieur Steiner, mit dem möcht ich gern einmal auf d' Jagd gehen. So, jetzt müssen S' aber aufpassen, Herr Ingenieur, jetzt wird der Boden bucklig. Es schaun da schon die Felsen aus der Wiesn. Na ja, ein Stückerl haben wir schon noch. Nicht mehr sehr weit, aber steil, steil. Wenn S' genau schaun, na ja, vier is erst, noch ein bißerl finster, aber schaun S' einmal ganz genau da schräg hinauf, da sehn S' dann ein' lichten Streifen. – So, ist ja doch zu blöd, haben S' Ihnen wehgetan, Herr Ingenieur? Diese Buckeln da in der Wiesn. Ich kenn jetzt den Weg ja schon, in die fünf Jahr, was ich die Jagd jetzt hab. Na, da stolpert man wirklich sehr leicht. Hauptsach, daß nix passiert ist. Bisserl schmutzig ist der schöne Hubertusmantel. Aber meine Frau wird Ihnen das schon wieder herausputzen, wenn wir dann wieder gmütlich bei uns zu Haus sitzen. Also, aber passen S' auf jetzt, na, bleiben wir vielleicht stehn. Is besser. So. Wenn S' jetzt da schräg hinaufschaun, wird's schon heller, schön, wie die Sonn aufgeht. So schön rot. Als ob der Berg da drübn ein Blattschuß kriegt hätt, net wahr, ja, da schräg oben sehn S' schon einen lichten Streifen. Das ist der Zaun vom Oberst Roschin sein Haus. Müssen wir dann eh vorbei. Ist überhaupt kein Weg mehr da. Mit dem Auto könnt man da nicht mehr fahren. Bin nur neugierig, was sein wird, wenn s' den alten Narrn einmal ins Spital führen müssen. Ist ja schon 85. Oder was ist, wenn er stirbt? Die Leich da herunterschleifen. Na, prost Mahlzeit. Eine schöne Prozedur. No, haben S' den Zaun gesehen? Gehn wir vielleicht weiter. Sonst versäumen wir noch den Wechsel. Und wir möchten doch was außischießen. Was glauben S', Herr Ingenieur, was ich schon außigschossen hab, aus dem Wald. Zusammen mit dem Dr. Leonhard. Haben S' es eh gelesen!? In der Zeitung. Jagdunfall. Na. Ich werd Ihnen das alles noch genau erzählen. Ist ja alles Kas, was in der Zeitung steht. War ja ganz anders. Hätt man ja gar nicht schreiben können. Hat viel mit dem tepperten Oberst zu tun. Na ja, die Zeitung. So. Schon wieder, na, derfangen S' Ihnen, Herr Ingenieur. Ich sag Ihnen ja, die Buckeln sind ekelhaft. Und Weg ist auch keiner. Aber reden S' mit dem Roschin. Ist geladen, das Gewehr. Na dankschön. Wenn das losgangen wär. Ist zwar gesichert. Aber was weiß man schon. Haben S' ja eh gelesen. Die Frau vom französischen Botschafter. Bei so was. Bumm. Aus. War wirklich ein Unfall. War eine gute Ehe. Ein Freund von mir war dabei. Genau in die linke Schläfe. So, aber ich kann Sie trösten, das ist das steilste Stückerl. Wenn wir das haben, sind wir oben. Ich seh schon, aber bittschön, Herr Ingenieur, schaun S' nicht hin, sonst fallen S' wieder, und meine Frau würd sagen, ich paß zuwenig auf auf Sie, ich seh schon den Hochsitz. Der ist nämlich aus Birkenholz, und das sieht man schon von weitem. Der selige Dr. Leonhard hat an der Stell immer gsagt, ich seh schon das Skelett. Haha. Weil's so weiß ist. Aber, haha, für Skelette hat er nix übrig ghabt. Der Arme. Jetzt wird er selber eins. Na, na, jetzt ist's wirklich nimmer weit. Sehn S', jetzt sind wir schon beim Zaun vom Roschin sein Haus, den wir noch vor ein paar Minuten nur ganz schwach gesehen haben. Da schaun S' Ihnen das einmal an. Zuerst die Birken. ›Erste Formation im Kampf um meine Ruuuuhe‹, hat er einmal gsagt zu mir. Dann der Liguster, gemischt mit den Hollerstauden. Und dazwischen noch ein Stacheldraht. Ist ein Wunder, daß er sein Gartentürl noch nicht zugenagelt hat. Na, aber ein Kompliment muß ich Ihnen machen, Herr Ingenieur, Sie haben eine Bombenkondition. Den steilen Riegel sind S' jetzt hinaufgrennt. Alle Achtung. Der Dr. Leonhard hat immer schon ziemlich geschnauft. Aber das hat er schon in Kauf genommen. Besonders wenn er allein gegangen ist. Schaun eigentlich auch wie Skelette aus, die Birken. Da beim Haus. Nicht nur mein Hochsitz. Lauter tote Soldaten, die vor dem narrischen Oberst habtachtstehen. Da, sehn S', er hat schon Licht. Steht jeden Tag um viere auf. Glaubt, er ist noch an der Front. Und seine Frau muß um halb fünf auf. Und die Tochter auch. Na ja, die Tochter. Ist auch nimmer ganz frisch. Arm. Ob sie die Gschicht überhaupt ganz mitkriegt hat? Ganz kenn ich mich ja selbst nicht aus. Aber das erzähl ich Ihnen oben. Beim Schnapserl. So. Jetzt sehn S' ihn ja eh auch schon, den Hochsitz. Ich will Sie nicht schrecken. Aber genau an der Stell war's. Ich sag Ihnen, den Anblick werd ich nie vergessen. Von der Stell da, an die Enzianstauden erinner ich mich noch ganz genau, hab' ich den Leonhard liegen gesehen unterm Hochsitz. Ich bin hingrennt, hab glaubt, ihm ist schlecht. Schlecht war gut. Tot war er. Blutig an der linken Schläfe. Sehn S', kommen S', jetzt sind wir endlich da. Hier ist er gelegen. Wie ein Haufen. Gar nicht wie ein Mensch liegt. Wie ein halbvoller Zementsack. Na, der Abtransport. Fragen S' nicht, wie. Den Sarg wollten s' nicht raufschleppen, leer. Ist ja verständlich. So habens s' ihn halt einfach zu zweit hinuntergetragen. Fragen S' nicht, wie. Deswegen sag ich ja, der tepperte Oberst soll doch erlauben, daß eine Zufahrt gemacht wird. Den Herrn Ingenieur Steiner täten wir zur Kommissionierung herbitten, haha. Na, charmant. Doch heut nichts Dienstliches. So, jetzt werden wir halt noch über die Ripperln von dem Skelett hinaufsteigen auf den Hochsitz. Passen S' bitte nur auf, daß S' Ihnen nicht die Füß verhaspeln in Ihrem schönen Hubertusmantel, dem weiten. Das kann nämlich passieren. Lassen S' schauen, ob man den Fleck noch sieht. Na, war nur naß. So. Ist ja sehr massiv alles. Und billig hat der Bauer gearbeitet. Wenn S' einmal was brauchen, Herr Ingenieur, eine Eckbank für die Küche. Oder so. Sagen S' es mir nur. So, jetzt geben S' mir vielleicht die Hand. Ist ja alles ganz massiv. Kann ja gar nichts geschehen. So, oben sind wir. Da ist schon das Tischerl. Setzen S' Ihnen nur hin, Herr Ingenieur. Werden wir schauen, was uns meine Frau da alles zusammengerichtet hat. Die ist ja auch so froh, daß Sie einmal kommen sind. Wie spät is denn eigentlich? Was, noch nicht einmal halb fünf? Schnell waren wir. Wir haben schon noch Zeit. Vor fünf ist nix. Haha, da ist ja schon das Schnapserl. Zum Aufwärmen. Ist Ihnen kalt? In aller Herrgottsfrüh ist's immer ein bisserl frisch. Also, auf einen schönen Anblick und einen guten Schuß. Sehen S' das Haus vom Roschin? Von hier sieht man's gut. Von unten sieht man ja gar nix. Vor lauter Bäum und Sträuch. So wie Sie ist der selige Dr. Leonhard da gesessen. In der letzten Zeit fast jeden Tag. Da gehört was dazu. Nach der Klinik 40 Kilometer fahren. Und da hinauf auf den Hochsitz. Ich hab das Ganze ja verfolgt. Bitte, ich hab mich dumm gestellt, mich hat's ja auch nicht interessiert. Mir wär's halt zuwenig gewesen. Haha, mit 47 da herumpassen, bis eine abgestandene Jungfrau zu sehen ist. Haha. So ein fescher Mann. Und so hinter der Irma Roschin, dem Oberst seiner Tochter, her. Ist ja schon über dreißig. Sie, ich hab da in der Thermosflasche einen Tee und in der anderen einen Kaffee. Ich bleib beim Schnaps, wegen der ruhigen Hand, haha, aber Sie brauchen nur was zu sagen. Ist alles da. Alles da. Ja, jetzt sind wir endlich bei der Irma und beim

Leonhard. In der Zeitung ist gestanden ›vom Hochsitz gestürzt‹. Blödsinn. ›Sich vom Hochsitz gestürzt‹, hätt es müssen heißen. Da gehört schon was dazu, daß man da herunterfallt. Und wenn, hätt es nur beim Abstieg passieren können. Bitte, abstürzen kann man immer. Aber der Feldstecher ist, wie ich hinaufgekommen bin damals, genauso gestanden, wie er jetzt vor Ihnen steht. Ganz genau so. Und der Leonhard laßt den Feldstecher sicher nicht stehen. Nein, nein. Aber, daß ich von vorn anfang. Ich war dabei, wie er sie kennengelernt hat. Am Nachmittag nämlich kralen s' zu dritt, der Oberst, seine Frau und die Irma, wie ein paar magere Gemsen auf der Wiesen herum. ›Verdauungsspaziergang‹ hat er gesagt, der Roschin. Vegetarier ist er auch. Na, wir haben halt so geredet. Der Leonhard hat die Irma gleich einhypnotisiert. Hat mich gewundert, daß der Alte nicht gleich gemerkt hat, was los ist. Dann ist er eh draufkommen. Und marsch, marsch, sind sie weiter, die drei. Der Leonhard war ganz durcheinander. Er hat ausgemacht mit ihr, hinter der fünften Birke, links vom Gartentürl, werden sie Brieferln deponieren. Wie in der Mittelschul. Und wie er geschrieben hat. Und gelesen hat er zehnmal, was er dort gefunden hat. Was dringestanden ist, weiß ich nicht. Aber was wird die Irma schon viel schreiben. Fesch ist sie schon. Aber bisserl plemplem. Laßt sich vom Alten tyrannisieren. Statt daß sie zum Teufel geht. Na, und dann haben s' ausgemacht, wann sie bei ihrem Fenster zu sehen ist. Und dann ist er da heroben am Hochsitz gesessen und hat gewartet, bis er sie mit dem Feldstecher sieht. Und dann hat er wieder ein Brieferl deponiert. Und wieder eins geholt. Und so ist das halt gegangen. Aber irgendwas muß noch gewesen sein, was er mir nicht gesagt hat. Denn sonst gibt's das nicht, daß ein Mensch wie der Doktor Leonhard fast jeden Tag 40 Kilometer hin und 40 wieder zurück fahrt. Als ein Müder so zum Hochsitz hatscht, nur, daß er die Irma sieht. Und dann bringt er sich um. Totsicher hat er sich umgebracht. Vielleicht hat er was genommen. Man weiß nichts. Obduziert haben s' ihn nicht. Einen Kollegen. Auch wegen seiner Frau. Was glauben S', was ich da mitgemacht hab. Die hat alleweil angerufen bei mir, ob er da ist. Einmal ist sie auch gekommen. No, da bin ich mit ihr nach hinauf. Da hat sie ihn am Hochsitz sitzen gesehen und war zufrieden. Aber jetzt hab ich auch einen Gusto auf einen Kaffee. Kommen S', trinken S' einen mit. Jetzt müssen wir aufpassen, jetzt wird's bald soweit sein. Die Viecherln werden gleich daherkommen. Ich werd einmal durchs Glas schauen. Und Sie schaun vielleicht durchs Fernrohr vom Gewehr. Das ist fast schärfer als der Feldstecher. Aber schießen erst, wenn ich sag: ›Jetzt‹. Heut möcht ich nur gern ein Schmalwild machen. – Nein. Gibt's doch nicht! Jaja. Meiner Seel! Die Irma. Schaun S', Herr Ingenieur, schaun S' hin! Das obere Fenster, wo das Licht brennt. Sehen S' es? Schmust nackert mit ihrem alten Vater herum. Na, prost Mahlzeit. Armer Leonhard. Pfui Teufel!«

Bei den letzten Worten drückte Ingenieur Steiner ab.

Kommerzialrat Hocheneder sah durch seinen Feldstecher, daß Irma, an der linken Schläfe getroffen, einige Schritte zum Fenster hin machte und dann niederfiel. Der alte Oberst glotzte zunächst erschrocken, dann beugte er sich über seine nackte Tochter. Ingenieur Steiner wartete die Reaktion seines Gastgebers nicht ab, warf das Gewehr zur Seite und stürzte sich vom Hochsitz. Der weite Hubertusmantel breitete sich beim Sturz flügelartig aus und fiel, als der Ingenieur am Boden aufschlug, über sein Gesicht. Der Abtransport der beiden Toten war denkbar umständlich.

Der Sprengmeister

Auf die Augen küßte sie ihn, auf die Stirn, auf die Haare, auf den Mund.

»Du hast am Hals ein Muttermal, weißt du, was das heißt?«

»Wie siehst du denn das? Es ist ja ganz finster im Zimmer.«

»Es brennt ja das Windlicht.«

Es war eine mondlose Nacht. Das Fenster in den Garten stand offen, und das flackernde Windlicht, das vor dem Spiegel am kleinen, weißen Schminktisch ihres Zimmers stand, erleuchtete den Raum nur schwach.

»Noch was sah ich«, sagte sie.

»Was?«

»Dort«, sie zeigte zur Tür. »Daß du ihn beim Anziehen ja nicht vergißt! Das wär' was.«

Durch das altmodische Gitter ihres Messingbettes sah er auf dem lila Spannteppich einen Manschettenknopf liegen. Er wollte aufstehen und ihn sofort aufheben. Doch sie hielt ihn zurück und küßte ihn. »So zart bin ich heut' wie du. So zart, wie du bist. Ganz, ganz zart.« Und sie hörte nicht auf, ihn zu küssen. Seine Augen, seinen Mund, seine Stirn, seine Haare.

»Was ist, wenn man am Hals ein Muttermal hat?«

»Dann stirbt man nicht im Bett.«

»Sterben möcht' ich ja nicht im Bett.« Lachend richtete er sich auf und öffnete die zu einer großen Masche gebundene Schleife, die ihr Batistnachthemd knapp unter dem Hals zusammenhielt.

»Unterwegs wirst du sterben. Nicht an einer Krankheit. Beim Autofahren mußt du immer schön aufpassen.«

»Vielleicht fällt mir ein Ziegel auf den Kopf. Oder du erwürgst mich.«

Er schlang sich ihr Nachthemd um den Hals und streckte die Zunge heraus. »Oder dein Mann erschlägt mich; in die Luft sprengen kann er mich auch. Das versteht er.«

»Geh hör auf, du weißt, ich mag nicht, wenn du so daherredest. Mach keine Witze, sag' ich dir. Der schießt dich glatt über den Haufen. Das soll ich jetzt nicht sagen, gelt? Aber du kennst ihn ja so, den Rohling. Mein Gott, ist der primitiv.« Sie hatte sich aufgesetzt. »Sei nicht bös, aber ich werd' ganz nüchtern, wenn ich an ihn denk'. Wenn er jetzt so hereinkäme. Ich hab' manchmal solche Angst.«

Er küßte sie jetzt. »Ich hab' ihn weit weggeschickt. Keine Angst. Acht russische Bomben in Niederösterreich. An der tschechischen Grenze, neben einer neuen Siedlung. Die brauchen mindestens vier Tage.«

»Mein Gott, bist du zart. Was machst du eigentlich, wenn du mich nicht mehr los wirst?«

»Will ich ja nicht.«

Und wieder küßte sie ihn. Plötzlich stockte sie und hob ihren Kopf. Ihr langes, blondes Haar kitzelte ihn am Hals.

»Ist was?«

»Ich hab' geglaubt, ich hör' was.«

»Vielleicht ist in Niederösterreich eine Bombe explodiert, und er ist mit ihr in die Luft gegangen.«

»Geh hör auf, so was darf man sich nicht wünschen. Wirklich nicht. Komisch, ich hab' mir sowas wirklich noch nie gewünscht. Nein, im Ernst. Auch nicht damals am Abend, weißt schon, wie ich so spät nach Haus gekommen bin – wir haben geglaubt, er ist nicht daheim –, und er mich so geschlagen hat.«

»Ich hab' ja nur einen Spaß gemacht. Aber was horchst du denn in einem fort?«

»Ich weiß nicht, mir kommt vor, ein Auto ist unten von der Straße abgebogen und kommt den Weg herauf.« Sie lag noch immer reglos da, aufgestützt auf den Ellenbogen mit weitgeöffneten Augen.

»Wo hast du dich denn hingestellt mit deinem Auto?«

»Ganz unten in die Wiese, neben den Ligusterzaun. Ich bin das letzte Stück zu Fuß herauf.«

»Jetzt ist's still. Mir kommt vor, er ist stehengeblieben. Auch unten, wo du dich in die Wiese gestellt hast.«

»Glaubst du, ist wer bei meinem Auto?«

Sie zuckte mit den Achseln. Dann legte sie sich wieder hin und klopfte mit den Fingern ihrer linken Hand zerstreut auf seine Brust.

Bumm, bumm, bumm, bumm. Bumm, bumm, bumm, bumm.

Es machte ihn nervös. Er hielt ihre Hand fest. »Was ist? Stört's dich, wenn ich so mach'?«

»Nein, aber jetzt fällt mir was ein: Unlängst hast du mir gesagt, daß der Hoflechner ein paarmal mit seinem Moped da herumspioniert hat.«

»Hat er was gesagt zu dir?«

»Kein Wort. Soll nur probieren. Der ist gleich draußen.«

»Ob er ihm was gesagt hat?«

»Aber wo. Seit du mir das erzählt hast, schau ich, daß er immer bei der anderen Partie ist. Kommen kaum zusammen, die zwei.« Sie richtete sich wieder auf, horchte eine Zeitlang. Dann sprang sie mit einem Satz aus dem Bett und lief zum Fenster. Jetzt hörte auch er wieder das Motorgeräusch eines bergauf fahrenden Autos.

»Du, er ist es wirklich. Mein Gott, was fang' ich jetzt an! Steh auf, steh auf!« Hastig versuchte sie, ihre Kleider von den seinen zu trennen.

»Woher willst du das wissen?«

»Aber so zieh dich doch an! Frag nicht viel! Ich kenn' seinen Wagen an den Scheinwerfern. Der rechte wackelt immer, wenn der Boden uneben ist.«

Sie warf ihre Wäschestücke in fieberhafter Eile in den Kleiderkasten und zog die alten Blue jeans an, die sie zu Hause immer trug, und ihren weiten, schwarzen Pullover. »Jetzt kannst du nicht mehr weg. Du mußt sagen, du hast in der Nähe zu tun gehabt und kurz vorbeigeschaut.«

»Kurz ist gut«, sagte er und band sich nervös seine Krawatte. »Viertel eins ist's jetzt. Ein bisserl ungewöhnlich für einen Anstandsbesuch. Aber mir wird schon was einfallen.«

Sie hörten den Wagen vor der Einfahrt halten. Sie ging voraus ins Wohnzimmer und machte Licht.

»Komm schnell! Wie gut, daß ich immer an alles denk'.«

Wie immer, wenn er zu ihr kam, hatte sie zwei Kaffeeschalen auf den Tisch gestellt, die volle Espressomaschine, die Zuckerdose und einen Teller mit Mehlspeise. Blitzschnell schenkte sie ihm und sich selbst den kalten Kaffee ein. Er setzte sich hin, verrückte dabei absichtlich den Teppich und zündete sich eine Zigarette an.

Er hätte eigentlich schon da sein müssen. Aber er ließ sich Zeit. Lange hantierte er in der Garage herum. Dann ging er langsam die Stiegen hinauf, zog sich im Vorzimmer aus und rief: »Eli, ist Besuch da?«

Sie schauten sich verwundert an. Dann lief sie ihm entgegen, schlang sehr zärtlich ihre Arme um seinen Hals, küßte ihn und sagte:

»Ja, Franzl, stell dir vor, der Herr Ingenieur Zach ist da.«

»Ja grüß Gott, Herr Mauerhofer« – er ging ihm auch entgegen –, »jetzt haben Sie uns ertappt. Haha. Aber ich hab' hier zu tun gehabt in der Gegend, da hab' ich mir gedacht, es könnte sein, das Sie schon wieder zurück sind und hab' vorbeigeschaut. War es schwierig?

Alles in Ordnung?«

»Ist alles schnell 'gangen. Jo, jo.« Er hatte sich eine Zigarette angezündet und auch zum Tisch gesetzt.

»Bist hungrig?« Sie setzte sich auf seinen Schoß und lockerte seine Krawatte.

»Na, host a Bier? A Bier tät ich ganz gern trinkn. Trinkens auch ans mit, Herr Ingenieur?«

»Nein, danke, die Frau Gemahlin war so lieb und hat mir einen guten Kaffee gemacht. Noch was, Herr Mauerhofer, war die Kommission auch schon da?«

»Jo, woan scho do. Alles in Ordnung. Sie baun scho wieda weiter.« Sie hatte inzwischen das Bier gebracht. Er stürzte es in wenigen Zügen hinunter. Dann setzte sie sich wieder auf seinen Schoß. »Bist müd'. Magst heia gehn?«

»Ich glaube, ich werd' mich jetzt aber verabschieden, Sie sind sicher müde von der langen Fahrerei.« Ingenieur Zach stand auf.

»Na, na, können S' schon noch dobleibn. Immer hot ma sein Chef jo net im Haus.«

»Ein anderes Mal vielleicht.«

»Na jo, Sie hobn vielleicht öfters zu tun do heroben.«

Sie war aufgestanden. Auch ihr Mann erhob sich langsam. Sie begleiteten ihn bis zur Gartentür.

»Wo habn S' denn Ihr Auto?«

»Ganz unten, gleich bei der Abzweigung. Ich hab' nicht genau gewußt, ob man bei Ihnen da oben parken kann. Und ein paar Schritte Bewegung«, lachte er, »für die Linie, das schadet mir nicht. Morgen nehmen Sie ja sicher frei, Herr Mauerhofer?«

»Jo, tät i gern, wann i derf.«

Sie verabschiedeten sich.

Als sie allein waren, wurde sie noch zärtlicher. Und noch bevor der andere sein Auto erreicht hatte, waren sie im Bett. Sie küßte ihn und hoffte, er würde den am lila Spannteppich liegenden Manschettenknopf nicht bemerken. Langsam und nachdenklich legte er seine Hand auf eines der kurzen waagrechten Messingstücke, mit denen die Stäbe des Bettes untereinander verbunden waren, als wollte er einen Sprenghahn betätigen und das schimmernde Gitter sprengen, hinter dem er eingeschlossen war.

Der alte Imker

In einem breiten Korbstuhl saß der alte Imker vor seinen Bienen. Dort setzten sie ihn immer hin. Er konnte ohne Hilfe nicht mehr aufstehen. Er konnte nicht mehr gehen. Er wartete auf den Tag, an dem er sich aus seinem Korbstuhl erheben würde, hoch über das Haus und über die blühende Linde, in der die Bienen summten; höher als an warmen Frühlingstagen die Bienenköniginnen steigen.

Große, schwere Wolken zogen über das weite Tal unter ihm und warfen dunkle Schatten auf die Felder und über die Wiesen. Er war allein mit seinem Enkel.

In der Nähe krächzte ein Fasan.

»Was ist das für ein Tier?« fragte der Kleine.

»Ein Fasan.«

»Warum ist seine Stimme so häßlich?«

»Seine Stimme ist nicht häßlich, wir verstehen nur seine Sprache nicht.«

»Verstehst du, was die Bienen sagen?«

»Kaum.«

Der alte Imker schaute hinunter in das weite Tal.

»Was siehst du dort unten?«

»Es wird dunkel, ein Gewitter wird kommen.«

»Wenn Mama und Papa nicht vorher nach Hause kommen, mußt du hier sitzen bleiben und wirst naß werden. Ich bin noch zu klein, ich kann dich nicht führen.«

Der alte Imker wartete.

»Wie alt bist du denn?«

»Vierundachtzig Jahre.«

»Ist das sehr alt?«

»Das ist sehr alt.«

»Werden die Bienen auch vierundachtzig Jahre alt?«

»Nein.«

»Wann sterben die Bienen?«

»Die Bienen werden höchstens fünf Jahre alt.«

»Dann sterben sie, wenn sie so alt sind wie ich. Warum sterben sie so jung?«

»Die Bienen sind mit fünf Jahren alt.«

»Ist eine Biene mit fünf Jahren in Wirklichkeit schon vierundachtzig Jahre alt?«

»Vielleicht auch älter.«

»Und wann ist eine Biene so alt wie ich?«

»Nach ein paar Tagen.«

Der Kleine umsprang seinen Großvater und rief: »Ich bin erst ein paar Tage alt. Ich bin noch ganz jung. Ich bin eine kleine Biene, und du bist eine alte Biene, die nicht mehr fliegen kann.«

Die Kreise, in denen der Bub den Korbstuhl umtanzte, wurden immer größer.

»Komm den Bienen nicht zu nahe!«

»Ich hab' keine Angst! Ich bin eine junge Biene, du bist eine alte Biene.«

»Die Bienen können dich stechen. Komm zu mir!«

»Ja, jetzt fliegt die junge Biene wieder zurück zur alten Biene.« Als der Kleine wieder bei seinem Großvater war, stand er kurze Zeit still und horchte.

»Hörst du, wie die Linde singt?«

»Das ist nicht die Linde, das sind die Bienen.«

»Stechen die Bienen die Linde?«

»Aber nein, sie holen nur den Honig aus den Blüten.«

»Warum stechen sie dann die Menschen?«

»Die Bienen stechen die Menschen nur, wenn sie Angst haben.«

»Haben sie vor mir Angst?«

»Ja, sie kennen dich noch nicht.«

»Kennen sie dich?«

»Ja freilich, mich kennen sie.«

»Aber einmal haben sie auch dich nicht gekannt. Haben sie dich da gestochen?«

»O ja, am Anfang haben sie mich oft gestochen.«

»Und die Linde haben sie nie gestochen? Auch am Anfang nicht?«

»Nein, die Bienen stechen weder Blumen noch Bäume.«

»Wie alt ist die Linde? Ist sie auch schon vierundachtzig Jahre alt?«

»Die Linde ist älter.«

»Wie alt?«

»Viele hundert Jahre.«

»Wirst du auch so alt wie die Linde?«

»Nein. Ein Mensch wird nicht so alt wie eine Linde.«

»Dann werde ich auch nicht so alt wie die Linde?«

»Natürlich nicht.«

»Wie alt werde ich?«

»Niemand weiß, wie alt er wird.«

Der Bub schaute zum Himmel, über den eine schwere, dunkle Wolke zog.

»Siehst du da die große Wolke?«

»Ja.«

»Wann muß diese Wolke sterben?«

»Wenn sie auf die Erde fällt.«

»Aber Wolken fallen doch nicht auf die Erde?«

»Doch, wenn es regnet, wenn es hagelt und wenn es schneit.«

»Dann sind in jedem Bach und in jedem Fluß viele tote Wolken. Dann ist jede Lache eine tote Wolke. Dann trinken wir tote Wolken.«

»Ja. Wir essen tote Blätter, tote Tiere, und wir trinken tote Wolken.«

»Essen wir auch tote Bienen?«

»Aber nein, wir essen nicht die Bienen, sondern ihren Honig.«

Der Enkel ließ seinen Großvater wieder allein und spielte.

»Geh weg von den Bienen!«

Die Ermahnungen und Bewegungen des alten Imkers waren unsicher.

»Tut es weh, wenn eine Biene sticht?«

»Es tut sehr weh.«

»Kann eine Biene oft stechen?«

»Nein, eine Biene kann nur einmal stechen. Wenn eine Biene gestochen hat, muß sie sterben.«

»Muß auch ich sterben, wenn mich eine Biene sticht?«

»Nein, du nicht.«

Der Bub ging zum Rosenbeet, das an die Wiese grenzte.

»Wieso fehlen so viele Blüten an den Rosen? Wer hat sie abgerissen?«

»Die fressen in der Nacht die Rehe ab.«

Der Kleine riß eine Rose ab.

»Laß die Rose leben!«

»Ihr Dorn hat mich gestochen. Wenn sie sticht, muß sie sterben wie eine Biene.«

Er brachte die abgerissene Rose seinem Großvater.

»Wie alt war die Rose?«

»Vielleicht erst ein paar Stunden.«

»Dann war sie jünger als ich.«

»Vielleicht.«

Es wurde dunkel im weiten Tal. Fern hörte man Donner.

»Wieso wird es jetzt so finster?«
»Es kommt ein Gewitter.«
»Werden wieder Wolken sterben?«
»Ja.«
»Wie alt werden die Wolken?«
»Ich weiß es nicht.«
»Werden wir älter als die Wolken?«
»Ja, sie sterben sehr bald.«
»Wenn Mama und Papa nicht bald kommen, werden die toten Wolken auf uns fallen, und wir werden ganz naß sein. Sind wir dann auch tot?«
»Nein.«
»Werden die Bienen auch naß?«
»Nein, die werden nicht naß. Die fliegen vorher in ihr Haus.«
»Auch die alten Bienen?«
»Alle Bienen.«
»Gibt es Bienen, die nicht mehr fliegen können?«
»Nein, wenn eine Biene nicht mehr fliegen kann, muß sie sterben.«
»Aber du kannst nicht mehr in dein Haus fliegen.«
»Nein.«
»Kann ich in mein Haus fliegen?«
»Du kannst schneller fliegen als die Bienen.«
»Aber ich werde bei dir bleiben.«
»Nein, nein, du mußt ins Haus gehen.«
»Die Bienen sind auch noch nicht in ihrem Haus.«
»Die Bienen wissen genau, wann sie in ihr Haus müssen.«
Es fielen die ersten Tropfen. In der Linde summten noch immer die Bienen.
»Hörst du nicht, die Bienen sind noch immer in der Linde! Und es regnet ja schon.«
»Sie werden rechtzeitig im Haus sein. Geh du jetzt auch ins Haus. Ich warte hier.«
»Ich möchte mit dir warten.«
»Du wirst dich verkühlen.«
»Du kannst dich auch verkühlen.«
»Ich bin schon alt.«
»Ich bin auch alt. Wenn ich eine Biene wäre, müßte ich schon sterben.«
Der alte Imker hielt die große, gelbe Rose, die der Bub abgerissen hatte, in seinen Händen. Der Bub stand neben seinem Großvater. Er

schaute zum Himmel. »Jetzt werden viele sterben. Die, die, die, die.« Mit seiner kleinen Hand zeigte er auf die dunklen Wolken. »Auch die Bienen werden sterben, wenn sie nicht in ihrem Haus bleiben.«

»Sorg dich nicht!«

»Aber du siehst doch, daß sie noch immer zu der Linde fliegen. Sag ihnen doch, sie sollen in ihrem Haus bleiben.«

»Unsere Sprache verstehen sie nicht.«

»Bienen, geht in euer Haus! Bienen, bleibt in eurem Haus! Es werden die Wolken sterben. Bleibt in eurem Haus, Bienen! Wenn ihr nicht in eurem Haus bleibt, müßt ihr auch sterben.«

Der Kleine lief zum Bienenhaus.

»Bleib hier!«

Er hörte seinen Großvater nicht. Schon hielt er mit seinen kleinen Händen ein Flugloch des Bienenhauses zu und rief: »Bleibt in eurem Haus, ihr müßt sonst sterben!«

»Geh weg! Geh weg! Sie werden dich stechen!«

Der Großvater versuchte sich zu erheben. Die große, gelbe Rose fiel in das Gras.

Laut schwirrend senkte sich eine dunkle Bienenwolke auf den Buben.

»Laßt mich, ihr müßt sterben, wenn ihr mich stecht!«

Dann fiel er zu Boden.

Es begann zu regnen. Nach und nach wurde es still in der Linde. Der Regen wusch dem Kleinen die Bienen aus dem Gesicht und von den Händen. Durch seine Haare flossen viele kleine Bäche. Später sah der alte Imker einen großen Regenbogen, der sich über das Tal wölbte.

Faustas Elefanten

Zwei Jahre waren vergangen, seit sich Fausto Kokoschinek, der letzte Elfenbeinschnitzer von Wien, bei der Anfertigung einer venezianischen Gondel samt Gondoliere und Laterne mit einem kleinen rostigen Meißel tödlich verletzt und sein Blut vergiftet hatte, weil seine 78jährigen Hände nach und nach unsicher geworden waren. »Ich kann ruhig sterben«, hatte er noch wenige Stunden, bevor er die kleine, grüne Lampe mit dem Elfenbeinknopf vom Nachtkästchen riß und sich nur mühsam von seinem gräßlich zuckenden Körper trennte, zu Fausta Kokoschinek, geborener Kokoschinek, seiner Frau und späteren Witwe, gesagt; das verarbeitete und das unverarbeitete Elfenbein, das er ihr hinterließ, schien ihm ein Kapital zu sein, mit dem Fausta – die Ehe war kinderlos geblieben –, und sollte sie 100 Jahre alt werden, leicht ihr Auskommen finden konnte.

Und auch Fausta, ehrlich betrübt, als ihr Gatte zu Elfenbeinfarbe ausgeblichen war, machte sich anfangs kaum um ihre Zukunft Sorgen, bestellte bei der Städtischen Bestattung sogar ein Begräbnis dritter Klasse, da ihr die viertklassige Beisetzung ihrer Mutter, Klara Kokoschinek, geborene Flakseder, noch in unangenehmer Erinnerung war, gab nach der in der Minoritenkirche gehaltenen Seelenmesse für die kleine Gemeinde, die um Fausto, den Elfenbeinschnitzer, trauerte, ein bescheidenes Essen und schenkte beim Abschied jedem, der ihrem Gatten und auch ihr die Ehre erwiesen hatte, eine hellbraune Bohne, die mit Dank und Staunen in Empfang genommen wurde.

Die meisten haben dieses seltsame Abschiedsgeschenk wahrscheinlich achtlos in ihre Tasche gesteckt und früher oder später ausgestreut, andere vielleicht deponierten es in ihrem Portemonnaie. Möglich, daß der eine oder andere besonders Gründliche das Geheimnis der braunen Bohne gelüftet hat. Kaum sichtbar nämlich befand sich auf jeder braunen Bohne ein winziger Elfenbeindeckel. Machte man sich die Mühe, diesen abzunehmen, so entdeckte man, daß die Bohne hohl und in ihr ein schmales Stück Elfenbein war, das die Form eines Elefanten hatte.

Und obwohl sich in Faustas fromme Gedanken, die sie ihrem Fausto in das Jenseits sandte, im Laufe der Jahre immer häufiger auch ein gewisses Mißtrauen mengte – wenn sie so die Augen schloß, da hörte sie ihn sagen: »Du, Fäusterl, ich hab' was erfunden, den kleinsten Elefanten der Welt.« Und sie sah ihn vor sich stehen, so wie er vor zwanzig Jahren vor ihr gestanden war, auf der flachen Hand eine kleine, braune Bohne, daneben ein kaum sichtbarer Elefant aus Elfenbein. »Was glaubst, die Amerikaner und die Franzosen, die jetzt nach dem Krieg wieder nach Wien kommen werden, und die Australier und die Engländer, die werden das kaufen wie verrückt.« Und seine Zuversicht sprang über auf sie und verscheuchte die vorsichtige Zurückhaltung, zu der sie von ihrer damals noch lebenden Mama insbesondere gegenüber Personen männlichen Geschlechtes angehalten wurde.

Und mißtrauisch war sie schon, als Fausto vor zwanzig Jahren, sozusagen als notwendiges Übel, ins Haus kam. Ihre Mutter, Schwester einer ehrwürdigen Schwester des Ordens der Hl. Elisabeth, hatte zwar nach dem ruhmlosen und, wie sie immer betonte, völlig überflüssigen Tod ihres elfenbeinschnitzenden Gatten, Karl Kokoschinek, den, als er, 84jährig, im Prater eine wandernde Tierschau besuchte, ein laut lostrompetender Elefant so erschreckt hatte, daß ihn der Schlag traf, den klösterlichen Geist ihrer Schwester auch in ihrem Haus einführen wollen; bald aber stellte sich heraus, daß sie und Fausta, ihre jungfräuliche Tochter, ohne einen Künstler, der die langen, gelbweißen Stäbe, die im hintersten Winkel des kleinen Andenkenladens in der Gumpendorfer Straße lagen, in kleine Madonnen, Tiger, Neger, Hunde, kleine Kugeln, Kreuze oder Engel verwandeln konnte, nicht auskommen würden. »Elfenbeinschnitzer wird aufgenommen« inserierten sie kurz und billig in einigen Wiener Blättern. Und da hatte sich Fausto gemeldet, für den das Herz der 42jährigen Jungfer Fausta bald heimlich, dafür aber um so höher zu schlagen begann. Trotz der Warnungen ihrer Mama, »daß du dich nur nicht betören laßt von diesem Arbeiter«. Mama Kokoschinek hatte das nie ohne eine gewisse feierliche Theatralik gesagt, die sich am Schluß ihrer Warnungen zu feierlichem Pathos steigerte: »Gott will, daß wir keusch leben wie meine hochwürdige Schwester, deine Tante.«

Ja, das hatte Mama ihr gesagt, die ihrer »hochwürdigen Schwester«, die eigentlich nur ehrwürdig war und 97jährig noch immer lebte und nach wie vor ohne Zögern ihre Keuschheit der Hl. Elisabeth aufopferte, schon lange vorausgegangen war. Doch was hatte Mama von Fausto gewußt, der trotz seiner achtundfünfzig Jahre seine Fausta im Sturm eroberte. Von seinen Augen, die blitzen konnten wie die blauen Glasperlen, die sie seit ihrer Kindheit zu Rosenkränzen fädelte, von seinem vollen Haar, nur an den Schläfen leicht angegraut, von seinen Erlebnissen in Ungarn und in Rumänien, von denen er ihr erzählte, während er die Elefantenzähne zerschnitt und zu kleinen Affen, Negern, Löwen, Tigern, Elefanten, Schlangen, Hunden, Kreuzen, Kugeln und vielen anderen exotischen Gestalten formte, von seinen schönen, schmalen Händen, deren Griffe so sicher waren, daß niemand vermutet hätte, es könnte ihnen jemals der Meißel abrutschen, und denen sich Fausta eben nicht entwinden konnte, als sie anfangs sehr zärtlich und später immer weniger im Sinne ihrer hoch- bzw. ehrwürdigen Tante nach ihr griffen.

Freilich, wenn Fausta allein in der Küche stand und nach dem Essen das Geschirr wusch, hatte sie überlegt, ob dieser Fausto nicht am Ende ein Gaukler wäre, der sie, im Falle einer Heirat, von der zu sprechen sie zu ihrer Mama lange nicht wagte, nur als unvermeidliches Inventar des florierenden Andenkenladens betrachten könnte, und ob es am Ende nicht doch besser gewesen wäre, sie hätte ihre Keuschheit, wenn schon nicht wie ihre hochwürdige Tante der Hl. Elisabeth, so doch dem Andenken ihres betrauerten Papa und den elfenbeinweißen Wünschen ihrer Mama, aber auf keinen Fall Fausto geopfert. Ja, Fausta war lange mißtrauisch gewesen. Doch als er vor ihr stand mit der braunen Bohne in der Hand, da hatte sie plötzlich gefühlt, daß alles gutgehen müsse mit Fausto, daß er es ehrlich meinte, da war sie überzeugt von seinem Talent, von seiner Liebe und von ihrer gemeinsamen Zukunft. Und hätte sie jemand, nach den zwanzig Jahren, die seither vergangen waren, aufgeschreckt aus ihren Träumen, die sie nun einsam in der Gumpendorfer Straße in ihrem Laden träumte, und gefragt, welcher Tag in ihrem Leben der schönste gewesen sei, sie hätte gesagt: der sonnige Märztag, an dem mein Fausto mir seine große Erfindung vom kleinsten Elefanten der Welt gezeigt hat.

Ohne viel nachzudenken war sie damals zu ihrer Mutter in die Küche gelaufen und hatte gesagt: »Mama, der Herr Kokoschinek und ich, wir wollen heiraten.« Für das Mittagessen hatte Fausto ein paar Blumen, rote Tulpen und Märzenbecher, besorgt und Mama Kokoschinek dann in aller Form um die Hand ihrer Tochter gebeten. Der kleinste Elefant der Welt hatte sie zunächst nur wenig beeindruckt. Gegen Elefanten hatte sie etwas, schließlich war ihr Mann durch einen solchen ums Leben gekommen. Eher für die

Heiratspläne ihrer Tochter zu gewinnen war die vom Einbruch der Weltlichkeit in ihr frommes Leben tief betroffenen Witwe durch den Umstand, daß Fausto so wie ihr seliger Gemahl ebenfalls Kokoschinek hieß.

Wer eine Schwester hat, die im Kloster lebt, der glaubt an höhere Mächte und schickt sich in die Fügungen des Schicksals, im Vertrauen darauf, daß auch das Unangenehme seinen Sinn habe, der dem Betroffenen anfangs nicht einsichtig ist und sich oft erst sehr spät offenbart. Und so hatte sich Mama Kokoschinek mit dem Unvermeidlichen abgefunden und sich mit dem Gedanken getröstet, daß Fausto Kokoschinek durch den Ratschluß, wenn schon nicht des Allerhöchsten, so zumindest der durch die Gebete und die Keuschheit ihrer Schwester für ihr Wohl und das ihrer Tochter ganz besonders zuständigen Hl. Elisabeth und selbstredend mit dem Einverständnis der Elefanten-erschreckten Seele ihres Gatten in ihren Laden in die Gumpendorfer Straße geraten sei. Und sogar die Erfindung ihres zukünftigen Eidams verstand sie als Rache der Ewigkeit an den bösen Elefanten, deren furchterregende Zähne nun in Hinkunft zu lächerlich kleinen Abbildern ihrer selbst verarbeitet werden sollten.

Nach und nach hatte sich Mama Kokoschinek für diese Idee so sehr begeistert, daß sie, als die Trauung vor einem Seitenaltar des Stephansdoms vorbei war und das junge Paar ihr Schlafzimmer bezogen hatte, bei der Herstellung von Faustos Wunderbohnen mithalf, wie und wo sie nur konnte. Sie holte die kleinen, braunen Bohnen vom Naschmarkt und half ihrer Tochter – solange es ihr der gutartige, aber dennoch zügig voranschreitende Star zuließ – beim Aushöhlen der kleinen Früchte, auf daß sich Fausto vollends der Herstellung deren Inhaltes hingeben konnte. Sie kratzten, schabten, höhlten wie im Rausch, und in ihrer Phantasie sahen sie Amerikaner und Franzosen, Australier und Engländer sich vor ihrem kleinen Laden in der Gumpendorfer Straße drängen, daß die Glocke, die jedesmal, wenn die Kassenlade geöffnet wurde, dünn läutete, nicht zur Ruhe kommen würde.

Eine Schale um die andere hatten sie mit den geheimnisvollen Bohnen gefüllt, als die Schalen zu klein wurden, hatten sie den Eimer genommen, mit dem sie im Sommer auf der Rax auf Preiselbeersuche gingen, schließlich brauchten sie zwei Körbe und einen Sack, damit sie den Vorrat, den sie in wenigen Monaten erarbeitet hatten, unterbringen konnten. Fausto wollte seine

Wunderbohnen erst dann der Öffentlichkeit präsentieren, wenn er die Gewähr hatte, den von ihm, seiner Frau und seiner immer schwachsichtiger werdenden Schwiegermama mit Sicherheit erwarteten Ansturm der Käufer auch standzuhalten. Dringende Bestellungen von Devotionalienhändlern aus Mariazell und Klosterneuburg, die ihre Rosenkränze und Elfenbeinmadonnen immer heftiger urgierten, waren unerledigt geblieben. Einzig die venezianischen Gondeln samt Laterne und Gondoliere für den Bijouterieladen an der Donau wurden so zwischendurch in aller Eile angefertigt.

Nicht einmal das Ausbleiben der Kasseneingänge, die durch das Stocken der Lieferungen verursacht wurden, hatten Mama Kokoschinek erschrecken können. Mit erwartungsvoller Vorfreude auf die großen Einnahmen, die nun bald durch die niedlichen, in Bohnen eingekerkerten Abbilder der Mörder ihres Mannes dank Faustos begnadeter Idee zu erwarten waren, hatte sie bereitwillig ihre Ersparnisse geopfert.

Und hätte man Fausta Kokoschinek gefragt, welchen Tag sie als den schrecklichsten ihres Lebens bezeichnen würde, sie hätte sicher jenen Samstag im Herbst des Jahres 1947 genannt, an dem sich die Passanten der Gumpendorfer Straße erstmals um Faustos Meisterwerk balgen sollten. War das eine Aufregung gewesen schon die ganze Woche vorher. Nachdem sie am Montag und Dienstag noch in fieberhafter Eile ihr gesamtes Bohnenkontingent aufgearbeitet hatten, sah sich das emsige Dreigestirn, das ab Samstag den Wiener und im Laufe kurzer Zeit auch den internationalen Elfenbeinschnitzermarkt zu revolutionieren gedachte, erstmals mit der Frage konfrontiert, wieviel man für einen solchen Elefanten verlangen könnte.

Genau erinnerte sich Fausta noch ihres lieben Fausto, dessen blaue Augen glücklich und zufrieden geleuchtet hatten, wenn er mit seiner Hand in einen Korb griff und eine Faust voll Elefanten-gefüllter Bohnen herausnahm und diese dann lächelnd Stück für Stück wieder zurückfallen ließ. Fausto hatte sich an der Diskussion um den Preis nur schwach beteiligt. Fausta verstand ihn. Er war ein Künstler und hatte sich um so profane Dinge wie Preise nie gekümmert. Also blieb die Kalkulation den beiden Frauen überlassen. Fausta, durch den Umgang mit Händlern, denen sie die im väterlichen Laden angefertigten Rosenkränze, Elfenbeinmadonnen und Gondeln schon von Kindheit an zu liefern hatte – später übertrug man ihr auch die Aufgabe, mit den »Gaunern«, wie ihr seliger Papa diese immer zu nennen beliebte, auch abzurechnen –, über die Preise orientiert, schlug vor, pro Stück vierzig Schilling zu verlangen. Damit, so sagte sie, wären Material und aufgewendete Zeit mit einem schönen Gewinn vergütet.

Mama Kokoschinek war dies aber zuwenig erschienen. Sie war der Ansicht, was nicht viel kostet, werde von den Leuten nicht geschätzt. Sie hatte gemeint, hundert Schilling wären für ein solches Kunstwerk ein durchaus angemessener Preis. Mama Kokoschinek allerdings hatte die Preispolitik des Andenkenladens in der Gumpendorfer Straße, die von ihrem seligen Karl mit sehr viel Umsicht geführt worden war, auch früher schon gelegentlich durch unvorhersehbare impulsive Sonderregelungen empfindlich gestört. Wenn es ihr gerechtfertigt erschien, hatte sie sich über die verbindlichen Direktiven ihres Gatten einfach hinweggesetzt. Und gerechtfertigt schien ihr beispielsweise, jungen Mädchen, vor allem wenn sie Elisabeth hießen, die Kerze für die Erstkommunion oder gar einen Rosenkranz aus blauen Glasperlen oder sonst ein der Frömmigkeit förderliches Utensil um den halben Preis zu überlassen oder gar zu schenken. Andererseits wieder ließ sich Mama Kokoschinek zu spontanen Preiserhöhungen hinreißen, wenn ihr die Käufer nicht zu Gesicht standen. Diese an Mama bekannten Schwächen waren der Grund, daß ihr Vorschlag, die braunen Wunderbohnen um hundert Schilling pro Stück zu verkaufen, nicht nur von Fausta, sondern auch von Fausto, dem Künstler selbst, als unannehmbar verworfen worden war. Freilich war Faustos Protest eher schüchtern, mit allem Respekt vor der edlen Schwiegermama, die seinen Bohnen ihr Augenlicht und ihre Ersparnisse in gleicher Weise geopfert hatte.

Also traf man sich in der Mitte. Fausta hatte ihren Vorschlag um dreißig Schilling erhöht, Mama gab es um denselben Betrag billiger, und man einigte sich gütlich bei siebzig Schilling, die der kleinste Elefant der Welt jedem kulturbewußten Wiener doch wert sein müßte.

Doch nach der Festsetzung des Preises galt es, die Kunstwerke, die in zwei Körben und einem Sack verborgen ihrer verständigen Bewunderer harrten, in geeigneter Form der Öffentlichkeit zu präsentieren. Die fast schon erblindete Mama war es gewesen, die davor warnte, die braunen Bohnen kommentarlos in die Auslage zu geben. »Die Leut' werden halt glauben, daß wir Bohnen verkaufen«, meinte sie und wies darauf hin, daß das eigentliche Kunstwerk ja drinnen in der Bohne und daher unsichtbar sei. Von der augenschwachen Mama auf die Wichtigkeit optischer Effekte hingewiesen, hatte Fausta ein weißes Stück Pappendeckel geholt, es in gleichgroße Karten geschnitten und ihren Fausto aufgefordert, nun mit kunstvollen Lettern sein Werk den Passanten anzukündigen und zu erklären. Fausto tendierte zum eher esoterischen Titel »Die Himmelsbohne«, während Fausta »Die Elefantenbohne« vorschlug. Mama Kokoschinek war gegen beides gewesen und hatte zur freilich etwas marktschreierischen, aber doch erfolgversprechenden Bezeichnung »Der kleinste Elefant der Welt – das Wunder aus Indien« geraten. Mamas Argumente hatten das Paar überzeugt; Fausto beschrieb schwungvoll die Pappendeckel, und Freitag abend arrangierte Fausta dann die Auslage. Ein großes, schwarzes Tuch hatte sie aufgebreitet und darauf die braunen Bohnen gelegt. Nicht etwa wahllos. Nein, besonders stolz war sie auf ihre Idee, die Bohnen auf dem schwarzen Tuch so zu legen, daß sie ebenfalls die Gestalt eines Elefanten ergaben. Dahinter, an eine über steinerne Wellen gleitende Elfenbeingondel, hatte sie eines der Pappendeckelstücke mit der Aufschrift »Der kleinste Elefant der Welt – das Wunder aus Indien nur S 70.-« gelehnt, rechts und links des auf dem schwarzen Tuch aufgebahrten Bohnenelefanten hatte sie ein Wachsrosengebinde und Kerzen arrangiert und daran ebenfalls ein von Fausto schwungvoll beschriebenes Täfelchen gelehnt.

Und dann war, nach einer nicht enden wollenden schlaflosen, erwartungs- und hoffnungsreichen Nacht, jener schreckliche Samstag gekommen, an dem sie zu dritt schon um halb acht Uhr in der Früh im Geschäft saßen, kontrollierten, ob alle Glühbirnen brannten, die an der Decke und die in den Vitrinen, und das Wechselgeld, das Fausta aus den arg zusammengeschmolzenen Ersparnissen ihrer Mutter von der Post geholt hatte, in die Kassenlade legten, die mit dünnem Glockenton aufging.

Es war das einzige Mal gewesen, daß die dünne Glocke an diesem Samstag ertönte. Das erstemal, daß einen ganzen Vormittag lang kein Kunde kam. Keine Kerze, keinen Affen, keinen Neger, keine Gondel, nichts, nichts schien man von ihnen zu wollen an diesem Samstag. So, als wollte man sie bestrafen für ihren frevelhaften Versuch, Unruhe auf den Markt der Elfenbeinschnitzereien zu bringen.

Unbeachtet waren die Bohnen in der Auslage gelegen. Um halb zehn begannen aus Mama Kokoschineks Augen Tränen zu fließen, als sollten Faustos Bohnen nach dem Licht auch noch deren trübes Naß geopfert werden. Still hatte sie vor sich hingeweint, so daß Fausta, die selbst gerne geweint hätte, ihre Mutter trösten mußte und immer nur stereotyp vor sich hinsagte: »Das muß sich halt einführen.« Fausto war an diesem Vormittag wortlos an seinem kleinen Arbeitstisch gesessen und hatte an einer Gondel geschnitzt, auch noch, als Mama Kokoschinek sich um zehn von ihrer Tochter hinaufführen ließ in die Küche, wo sie sich schon alles zur Zubereitung eines Festessens, Rahmhuhn mit Nockerln, griffbereit hergerichtet hatte.

Daß aus diesem Festessen ein Leichenschmaus werden würde für Faustos und Faustas in der Auslage auf schwarzem Tuch aufgebahrte Zukunftsträume, von deren Erfüllung sich auch noch Mama einiges erwartete, hätte keiner gedacht.

Die Ruhe und die stille Trauer, mit der Mama Kokoschinek den Fehlschlag ihres Projektes ertrug, hatte Fausta fast mehr bedrückt als die Enttäuschung, die sie mit dem »Wunder aus Indien« erlebt hatten. Bei Tisch hatte sie sich bemüht, trotz des vorangegangenen trostlosen Vormittags, Zuversicht zu verbreiten. Fausta hatte auch ihrem Gatten befohlen, so wie jeden Samstag, Wein zu holen. Seit jenem Samstag, an dem Fausto durch seine Erfindung Fausta endgültig erobert und bei ihrer Mama um ihre Hand angehalten hatte, war der Wein bei Kokoschineks zu einer lieben Wochenendtradition geworden.

»Ich sag' euch nur das eine«, Fausta hatte versucht, den Fehlschlag durch geheimnisvolle Motive zu erklären, »da steckt was dahinter. Das gibt's nicht, daß überhaupt niemand einen neuen Artikel anschaut. Da hat wer die Hand im Spiel. Wir haben die Sachen viel zu frei herumliegen lassen, es kann wer was gesehen haben und ...« Fausto wieder hatte weniger an geheimnisvolle Gegner gedacht, die nun sämtliche Passanten der Gumpendorfer Straße zum Boykott des Kokoschinekschen Andenkenladens aufriefen. Er hatte gemeint, daß man eventuell durch eine geeignete Annonce in einigen Zeitungen das Interesse der Wiener am »Wunder aus Indien« wecken könnte. Er selbst hätte, so erinnerte er, ja schließlich auch erst durch eine Zeitungsanzeige zu ihnen gefunden und legte, während er das sagte, durch den ruhmlosen Vormittag etwas unsicher geworden, seine Hand schüchtern auf Faustas Arm.

Man hatte sich getrennt, ohne zu wissen, was nun geschehen sollte. Fausta hatte sich an das Geschirr gemacht, Fausto war hinuntergegangen ins Geschäft, wo er an seiner Gondel weiterschnitzte. Mama hatte Fausto keinen Vorwurf gemacht, auch Fausta nicht. Mama hatte still gelitten. Das Unglück, das über sie gekommen war, schien ihr offensichtlich so groß, daß es keinen Sinn hatte, sich dagegen aufzulehnen oder ihrer Tochter oder ihrem Schwiegersohn Vorhaltungen zu machen. Wie jeden Samstag nach Tisch hatte sich Mama auf ihren Diwan in der Küche gelegt, auf dem sie schlief, seit Fausto und Fausta ein Paar waren, und um vier Uhr, als Fausto mit Fausta, die ihm ins Geschäft nachgegangen war, in die Küche kam, um den Kaffee, den Mama Samstag und Sonntag immer zur Jause richtete, zu trinken, da war sie still und klein dagelegen, eingewickelt in die braune Überdecke des Diwans. Blaß und tot wie die Elefanten in der Auslage.

Daß der Tag, an dem man Mama begrub, sehr trüb gewesen war, dachte Fausta, so trüb wie heute.

Nur wenig Licht drang aus der Gumpendorfer Straße in das kleine Geschäft, in dessen hinterstem Winkel sie saß, an jenem Platz, wo Fausto einst gesessen war und vor ihm ihr Vater. Seit sie allein war, hatte sie viel Zeit zum Nachdenken. Über den mühsamen Schriftverkehr mit dem Devotionalienhändler in Mariazell, der sich einen anderen Lieferanten gesucht hatte und nur schwer und durch großzügigste Preissenkungen wieder zurückgewonnen werden konnte, über Faustos zweite Idee, die er ein paar Jahre später hatte, nämlich den Stephansdom naturgetreu – im verkleinerten Maßstab, versteht sich – in Elfenbein zu schnitzen und, wie Fausto sagte, »in Amerika« auszustellen. Doch diesen Gedanken hatte ihm Fausta schonend ausreden können, indem sie darauf hinwies, daß es zu einem so grandiosen Unternehmen, das die gesamte Kunstwelt sicherlich in Aufruhr versetzen könnte und zu dem sie Fausto als einzigen für befähigt halte, auf alle Fälle nötig sei, sich das Original ganz genau anzusehen, also auch die vielen Gesichter und Fratzen, die von den Simsen und aus den Nischen starren und an die heranzukommen wohl ohne Überwindung großer und mit außerordentlichen finanziellen Ausgaben verbundener Schwierigkeiten niemals möglich sein werde. So hatte sich ihr Fausto über das Fiasko, das er mit seinem »Wunder aus Indien« erlitten hatte, mit dem Gedanken getröstet, der ganz große Erfolg, der ihm durch eine Darstellung des Stephansdomes in Elfenbein beschieden wäre, bliebe ihm durch widrige Umstände versagt. So von sich überzeugt, hatte er sich auch geweigert, als Fausta später einmal vorschlug, man sollte den Preis der Bohnen senken, da sich dann vielleicht eher Käufer finden würden, für sein »Wunder« auch nur um einen Schilling weniger zu verlangen als siebzig. »Armer Fausto«, seufzte Fausta manchmal, wenn sie ihm nicht gerade im stillen darüber grollte, daß er sich im Wert dessen, was er ihr hinterließ, so arg verschätzt hatte, und schaute schuldbewußt zur Auslage hin, in der Faustos große Kunst nun zu zehn Schilling das Stück angeboten wurde. Doch auch diese radikale Reduzierung des Preises konnte den Absatz nicht steigern. Wenn sich Fausta recht erinnerte, hatte sie insgesamt acht solcher Bohnen verkauft.

Aus dem einen Korb aber fehlten schon weit mehr als acht Bohnen. Ja, armer Fausto, er hatte seine Fausta doch nicht so gut versorgt zurückgelassen, wie er meinte. Sie hatte zwar, so wie einst ihre Mutter, wieder ein Inserat aufgegeben. Aber es hatte sich kein Elfenbeinschnitzer mehr gemeldet. Und der Devotionalienhändler aus Mariazell und der Besitzer des Bijouterieladens an der Donau mußten ihre Bestellungen nach einiger Zeit anderen Lieferanten schicken, da der Vorrat an verarbeitetem Elfenbein sehr bald erschöpft war. Was nun noch in den Vitrinen stand, kleine Neger, die einen Aschenbecher trugen, eine Pfeife, die noch ihr Papa gemacht hatte, fünf Affen, ein übergroßer Tiger, für den sich einige Kunden schon interessiert hatten, doch dürfte er ihnen zu teuer gewesen sein, mehrere große Elefanten, ein paar Kerzen und so manches andere, auf das Fausta schon fast vergessen hatte, brachte ihr nicht viel. Immer häufiger kam es vor, daß einen ganzen Vormittag oder auch einen ganzen Tag lang niemand das kleine, enge Geschäft in der Gumpendorfer Straße betrat. Die Zeiten ändern sich halt, und so war Fausta in den zwei Jahren, die ihr Fausto nun tot war, in Not geraten, aus der sie auch die Herabsetzung des Bohnenpreises nicht zu retten vermochte.

Mit den letzten Reserven, die sie noch hatte, riskierte sie noch eine Anzeige »Unverarbeitetes Elfenbein günstig abzugeben«. Doch wer braucht heute schon Elfenbein. Nach wie vor lagen die blaßgelben, weißen Spieße im engen Vorzimmer der kleinen Wohnung, die sie nach einjährigem Witwenstand an zwei Tapezierergesellen vermietet hatte. Das einzige, was sie aus der elterlichen und später ehelichen Wohnung mitgenommen hatte, war die kleine Nachttischlampe, die ihr seliger Fausto, als er im Starrkrampf zuckte, zu Boden gerissen hatte. Die stand nun auf dem kleinen Tisch und spendete Fausta das nötige Licht für ihr frevelhaftes Tun, zu dem sie sich erst in letzter Zeit und nach sehr langen inneren Kämpfen entschlossen hatte. Nun, da sie sich einmal dazu durchgerungen hatte, war es ihr auch nicht mehr unangenehm, daß im Geschäft kein Licht mehr brannte. Zum Teil waren die in den Vitrinen installierten Glühbirnen durchgebrannt, und neue zu kaufen, das war für Fausta zu einer undurchführbaren Investition geworden, die anderen, die noch brannten, schaltete Fausta nicht ein, da sie befürchtete, die Stromrechnung könnte ihre kärglichen Einnahmen weit übersteigen. Und nun war sie über das Dunkel ganz froh. Das, was sie machte, sollte niemand sehen. Schon gar nicht ihr Fausto, von dem sie hoffte, er wäre weit weg, irgendwo in Rumänien oder in Ungarn, wo er die aufregenden Abenteuer erlebt hatte, von denen er ihr immer wieder so fesselnd erzählen konnte.

Fausta schämte sich auch ihrer Handlung. Doch was sollte sie tun? Sie hatte alles versucht, Faustos große Leistung bei jedermann ins rechte Licht zu rücken. Keiner Kundschaft war es seit Faustos Ende gelungen, Faustas Laden zu verlassen, ohne sich von ihr in die Geheimnisse der braunen Bohnen einweihen zu lassen. »Ja, hübsch«, oder »wirklich sehr nett«, auch »nein, was es heut' schon alles gibt« haben sie gesagt und Frau Kokoschinek dabei freundlich angelächelt. Gekauft hat kaum jemand eine. Ein Herr, dem sie auch den »kleinsten Elefanten der Welt – das Wunder aus Indien« vorgeführt hatte, schaute sie nicht einmal unfreundlich an und sagte dann: »Ha, ha, Bohnensuppe mit kleinen Elefanten.« Seither hatte sie der Gedanke an die Möglichkeit, daß man die vielen Bohnen ja wieder von ihrem Inhalt befreien und trotz ihres hohen Alters vielleicht doch noch essen könnte, nicht mehr losgelassen. Zögernd entnahm sie den ersten die bleichen Elefanten, legte sie sorgfältig, fast zärtlich in eine schwarze, kleine Onyxschüssel und weichte die ihres Zaubers beraubten Bohnen über die Nacht, die sie, seit in ihrer Wohnung die Untermieter hausten, auf drei nebeneinandergestellten Polstersesseln im Geschäft verbrachte, in einen Topf mit Wasser ein. Sie schmeckten überraschend gut, gewürzt mit etwas Essig bildeten sie eine willkommene Abwechslung ihres sehr eintönigen Speisezettels, auf dem ansonsten Milch und Kartoffel dominierten.

Auch an diesem trüben Tag, von dem sie dachte, er sei so trüb wie jener, an dem Mama begraben wurde, saß Fausta wieder über ihren Bohnen und mühte sich an deren Profanierung genauso, wie sie sich vor vielen Jahren an deren Erhöhung zum Wunder tatkräftig beteiligt hatte. So hatte sich der Kreis geschlossen, und die Bohnen, die sich der mühsamen Verzauberung für unwürdig erwiesen hatten, erfüllten nun jenen Zweck, zu dem sie eigentlich da waren. Und Faustos Trost, er hätte seine Fausta gut versorgt hinterlassen, erfüllte sich zwar nicht ganz in seinem Sinne, aber immerhin doch, wenn Fausta auch, zu derlei Überlegungen von Jugend auf im Gegensatz zu ihrer toten Mama nicht disponiert, ihre aus Faustos Geniestreichen zubereiteten Mahlzeiten nur mit äußerst schlechtem Gewissen verzehrte. Immerhin waren es doch ihre und ihres Faustos schönsten Illusionen, die mit Essig gesäuert im abgeschlagenen Emailhafen einem sehr profanen Los entgegendampften, und die kleinen Elfenbeinelefanten aus den Bohnen zu schütteln, kostete fast ebensoviel Mühe, wie sie hineinzustecken. Auch Faustas Hände wurden in den zwanzig Jahren nicht geschickter, und so wollte eine solche Bohnenmahlzeit hart verdient sein. Wenn Fausta abends wieder eine Portion einweichen wollte, da hatte sie Nachmittag einiges zu tun.

Sie war daher nicht einmal sonderlich erfreut, als plötzlich – so gegen halb vier – die Klingel an der Tür ihr ankündigte, daß eine Kundschaft das Geschäft betreten hatte. Schnell machte sie Licht, trat hinter den Ladentisch, und bevor sie noch fragen konnte, was der Herr wünsche, wies sich dieser als Außenbeamter des Finanzamtes aus, der den Auftrag hatte, nun, da sie einen Steuerrückstand von siebenhundertvierundachtzig Schilling trotz zweimaliger Ermahnung nicht erlegt hatte, diesen in bar oder in Ware bei ihr einzutreiben. Merkwürdig, Fausta Kokoschinek wunderte sich darüber, daß sie nicht aufgeregt war, vielmehr hörte sie den Exekutor wie aus weiter Ferne sprechen, zu jemand anderem, nicht zu ihr. Es schien ihr eher so, als würde sie eine Pfändung beobachten, die sie eigentlich gar nichts anging. Sie erinnerte sich zwar an den Rückstand und an die Mahnungen der Finanz. Doch sie hatte gedacht, einen für den Herren der Finanz so kleinen Betrag werde man ihr vielleicht noch etwas länger stunden. Jedenfalls, daß man wegen siebenhundertvierundachtzig Schilling einen Exekutor schicken werde, das hatte sie nicht vermutet.

Das alles sagte sie natürlich nicht dem Beamten, sondern sie fragte lediglich, ob es nicht vielleicht doch noch ein wenig Zeit hätte, sie würde versuchen, das Geld bis Jahresende aufzutreiben. Der Beamte aber berief sich auf seinen strikten Auftrag und fragte, was sie ihm im Gegenwert von siebenhundertvierundachtzig Schilling als Pfand mitgeben könnte. Für einen Augenblick gewann sie wieder ihre alte Geistesgegenwart, die sie vor Jahren immer bei den Preisverhandlungen mit den Händlern, den »Gaunern«, so nötig hatte, und bot dem »Herrn Inspektor«, wie sie ihn vorsichtshalber titulierte, zwölf Bohnen an, die, wie sie versicherte, pro Stück siebzig Schilling wert seien. Doch der Beamte, zwar unsicher in der Werthierarchie von Elfenbeinschnitzereien, hatte sich offenbar schon in der Auslage über die Preise informiert und lehnte diesen Vorschlag mit dem Hinweis, daß diese Bohnen von ihr selbst um nur zehn Schilling verkauft würden, ab. Überhaupt, so erklärte er, wollte er von den Bohnen, auch wenn sie ihm nun achtundsiebzig davon anbiete, nichts wissen und lieber »ein paar andere Sicherungen« mitnehmen.

Er schaute in die Vitrinen, die Fausta Kokoschinek sogar, sofern die Glühbirnen darin noch intakt waren, beleuchtete, öffnete sie und entnahm ihnen fast alles, was noch zu finden war, darunter auch den großen Tiger. Fausta stand wortlos daneben. Danach wickelte sie den Tiger, die Affen, die beiden großen Elefanten, den Aschenbecher, den ein kleiner Neger hielt, und all die anderen Dinge in Seidenpapier, wartete, bis der Beamte alles in seine Tasche gelegt hatte, und begleitete den Herrn »Inspektor« dann, wie sie es bei vornehmen Kundschaften zu tun pflegte, zur Tür, wo sie sich auch noch höflich verabschiedete.

Vorbei an den vereinzelt noch beleuchteten leeren Vitrinen ging sie zurück zu ihrem Tisch, löschte die Lampen aus und setzte sich hin vor ihre Schüssel, in der sie die entleerten Bohnen hatte. Und so wie sie es in den beiden vergangenen Jahren immer getan hatte, wenn ihr etwas ganz besonders Arges widerfuhr, lehnte sie sich in ihren Sessel zurück, schloß die Augen und vergegenwärtigte sich jenen Augenblick, als vor zwanzig Jahren Fausto vor sie hingetreten war, eine braune Bohne auf der flachen Hand, und sagte: »Du, Fäusterl, ich hab' was erfunden, den kleinsten Elefanten der Welt.« Und sie sagte: »Laß schaun, Fäusterl«, sie bedachten sich gegenseitig mit dem gleichen Kosenamen, »lieb ist der kleine Hascher«. Seine blauen Augen blitzten, sein Haar war an den Schläfen meliert, so hatte sie es in Erinnerung; auf seiner Hand entdeckte sie unmittelbar neben der kleinen braunen Bohne eine gut verheilte Narbe.

Fausta war ruhig, wie sie zuvor auch beim Besuch des hohen »Herrn Inspektor« ruhig gewesen war. Es war ihr fast so, als hätte sie ihren Fausto erwartet. Sie schämte sich auch nicht, daß er nun am Ende entdeckt haben könnte, wozu sie seine »Wunder aus Indien« mißbraucht hatte. Sie wußte, daß Fausto ihr verzeihen würde.

Wie hätte sie auch wissen können um das wahre Geheimnis des »indischen Wunders«, das ihr nun ihr Fausto nach so vielen Jahren erst offenbarte. Aus der kleinen Bohne auf Faustas Hand stieg ein kleiner, weißer Elefant, der größer und größer wurde, bis er hoch und weiß vor ihr stand. Als sie auf den Rücken des Tieres hinaufblickte, sah sie einen prächtigen, golddurchwirkten Baldachin über einer weiten, geräumigen Sänfte, von der sich eine kleine, seidene Leiter niedersenkte. Der Neger mit dem Turban, den der Beamte mitgenommen hatte, stand freundlich daneben und hielt die Leiter, als wollte er einer Maharani beim Besteigen der Sänfte behilflich sein. Oben auf dem Elefanten, unter dem Baldachin, aber saß in prächtiger Kleidung ihr Fausto. Er lächelte freundlich und sagte: »Komm, Fäusterl, brauchst keine Angst haben.« Und schon nahm sie der kleine Neger am Arm, und leichter als sie dachte, stieg sie die seidene Leiter hinauf zu ihrem Fausto, dessen »indisches Wunder« sie nicht genug loben konnte.

Doch inzwischen hatte sich der große, weiße Elefant schon in Bewegung gesetzt, und nach wenigen Schritten, die er die Gumpendorfer Straße in Richtung Zentrum gegangen war, tippte Fausto mit einem edelsteinbesetzten Elfenbeinstab kurz an die Ohren des weißen Tieres, und schon hob er sich laut trompetend über die dunklen Dächer.

»Wo magst denn hin, Fäusterl?« fragte Fausto seine Fausta, und sie schlug vor, nun die Gelegenheit sofort zu nützen und das »brave Vieh«, wie sie den Elefanten bezeichnete, zum Stephansdom zu dirigieren, damit sich Fausto nun in Ruhe und aus nächster Nähe alle Schnörkel und Fratzen an den Simsen und in den Nischen genau anschauen könnte, da sie nichts inniger wünschte, als daß ihr Fausto so bald als möglich sein Vorhaben, den Stephansdom in Elfenbein zu schnitzen und in Amerika auszustellen, in die Tat umsetzte.

Phantastische Bibliothek in den Suhrkamp Taschenbüchern

51/1/8.84

Phantastische Bibliothek in den Suhrkamp Taschenbüchern

Blackwood, Algernon: Tanz in den Tod. Unheimliche Geschichten. Herausgegeben von Kalju Kirde. Aus dem Englischen von Friedrich Polakovics. st 848

Blick vom anderen Ufer. Europäische Science-fiction. Hg. F. Rottensteiner. st 359

Braun, Johanna u. Günter: Conviva Ludibundus. Utopischer Roman. st 748

– Der Fehlfaktor. Utopisch-phantastische Erzählungen. st 687

– Der Irrtum des Großen Zauberers. Phantastischer Roman. st 807

– Unheimliche Erscheinungsformen auf Omega XI. st 646

– Der Utofant. In der Zukunft aufgefundenes Journal aus dem Jahrtausend III. st 881

– Die unhörbaren Töne. Utopisch-phantastische Erzählungen. st 983

– Das kugeltranszendentale Vorhaben. Phantastischer Roman. st 948

Die Büßerinnen aus dem Gnadenkloster. Phantastische Erzählungen aus Phaïcon 2. Hrsg. und mit einem Vorwort von R. A. Zondergeld. st 632

Bulwer-Lytton, Edward: Das kommende Geschlecht. Roman. st 609

Dick, Philip K.: Mozart für Marsianer. Science-fiction-Roman. Aus dem Amerikanischen von Renate Laux. st 773

– LSD-Astronauten. Deutsch von Anneliese Strauß. st 732

– UBIK. Science-fiction-Roman. Deutsch von Renate Laux. st 440

Erckmann-Chatrian. Das Eulenohr und andere phantastische Erzählungen. Herausgegeben von Kalju Kirde. Aus dem Französischen von Hilde Linnert. st 989

Faguendes Telles, Lygia: Die Struktur der Seifenblase. Unheimliche Erzählungen. Aus dem brasilianischen Portugiesisch von Alfred Opitz. st 932

Franke, Herbert W.: Keine Spur von Leben . . . Hörspiele. st 741

– Tod eines Unsterblichen. Science-fiction-Roman. st 772

– Transpluto. Science-fiction-Roman. st 841

– Einsteins Erben. Erzählungen. st 603

– Paradies 3000. Science-fiction-Erzählungen. st 664

– Schule für Übermenschen. st 730

– Sirius Transit. Roman. st 535

– Ypsilon minus. st 358

– Zarathustra kehrt zurück. st 410

– Zone Null. Science-fiction-Roman. st 585

51/2/8.84

Phantastische Bibliothek in den Suhrkamp Taschenbüchern

51/3/8.84

Phantastische Bibliothek in den Suhrkamp Taschenbüchern

Lem, Stanisław: Phantastik und Futurologie II. Aus dem Polnischen v. E. Werfel. st 1013

Lem, Stanisław: Die Ratte im Labyrinth. Ausgewählt von Franz Rottensteiner. Aus dem Polnischen von Roswitha Buschmann, Caesar Rymarowicz, Jens Reuter und Klaus Staemmler. st 806

– Robotermärchen. st 856

– Der Schnupfen. Kriminalroman. Deutsch von K. Staemmler. st 570

– Solaris. Roman. Deutsch von I. Zimmermann-Göllheim. st 226

– Sterntagebücher. Deutsch von C. Rymarowicz. Mit Zeichnungen des Autors. st 459

– Die Untersuchung. Kriminalroman. Deutsch von J. Reuter und H. J. Mayer. st 453

Über Stanisław Lem. Hg. W. Berthel. st 586

Lexikon der phantastischen Literatur. Hrsg. Rein A. Zondergeld. st 880

Lovecraft, H. P.: In der Gruft und andere makabre Geschichten. Deutsch von Michael Walter. st 779

– Stadt ohne Namen. Deutsch von Charlotte Gräfin von Klinckowstroem. Mit einem Nachwort von Dirk Mosig. st 694

– Die Katzen von Ulthar. st 625

– Berge des Wahnsinns. st 220

– Cthulhu. Geistergeschichten. Deutsch von H. C. Artmann. Vorwort G. Manganelli. st 29

– Das Ding auf der Schwelle. Unheimliche Geschichten. Deutsch von R. Hermstein. st 357

– Der Fall Charles Dexter Ward. Zwei Horrorgeschichten. Deutsch von R. Hermstein. st 391

Über H. P. Lovecraft. Hg. F. Rottensteiner. st 1027

Madsen, Svend Åge: Dem Tag entgegen. Utopischer Roman. Aus dem Dänischen v. H. Schröder. st 1020

Das Mädchen am Abhang. Science-fiction-Erzählungen aus Polaris 2. st 630

de la Mare, Walter: Aus der Tiefe. Seltsame Geschichten. Aus dem Englischen von Traude Dienel und Elizabeth Gilbert. st 982

Maupassant, Guy de: Die Totenhand und andere phantastische Erzählungen. Aus dem Französischen v. W. Widmer u. a. st 1040

Maximovič, Gerd: Die Erforschung des Omega-Planeten. st 509

– Das Spinnenloch und andere Science-fiction-Erzählungen. st 1035

51/4/8.84

Phantastische Bibliothek
in den Suhrkamp Taschenbüchern

Mercier, Louis-Sébastien: Das Jahr 2440. Ein Traum aller Träume. Deutsch von Christian Felix Weiße (1772). Herausgegeben, mit Erläuterungen und einem Nachwort versehen von Herbert Jaumann. st 676

Nesvadba, Josef: Die absolute Maschine. Science-fiction-Erzählungen. Aus dem Tschechischen von Erich Bertleff. st 961

Owen, Thomas: Wohin am Abend? und andere seltsame Geschichten. Deutsch von Rein A. Zondergeld. Mit einem Nachwort des Übersetzers. st 908

Phaïcon 3. Almanach der phantastischen Literatur. Hg. Rein A. Zondergeld. st 443

Phaïcon 4. st 636

Phaïcon 5. st 857

Phantasma. Polnische Geschichten aus dieser und jener Welt. st 826

Phantastische Träume. Herausgegeben von Franz Rottensteiner. st 954

Plank, Robert: Orwells »1984«. Eine psychologische Studie. st 969

Poe, Edgar Allan: Der Fall des Hauses Ascher. Deutsch von A. Schmidt und H. Wollschläger. st 517

Polaris 4. Ein Science-fiction-Almanach von Franz Rottensteiner. st 460

Polaris 5. Ein Science-fiction-Almanach. Herausgegeben von Franz Rottensteiner. st 713

Polaris 6. Ein Science-fiction-Almanach. Herbert W. Franke gewidmet. Herausgegeben von Franz Rottensteiner. st 842

Polaris 7. Ein Science-fiction-Almanach. Herausgegeben von Franz Rottensteiner. st 931

Ray, Jean: Die Gasse der Finsternis. Phantastische Erzählungen. Aus dem Französischen v. W. Thaler. st 1034

Rottensteiner, Franz (Hg.): »Quarber Merkur«. Aufsätze zur Science-fiction- und Phantastischen Literatur. st 571

Schattschneider, Peter: Zeitstopp. Science-fiction-Geschichten. st 819

– Singularitäten. Ein Episodenroman im Umfeld Schwarzer Löcher. st 1021

Slonimski, Antoni: Der Zeittorpedo. Phantastischer Roman. Aus dem Polnischen v. K. Staemmler. st 1028

Smith, C. A., Der Planet der Toten. Phantastische Erzählungen. Aus dem Amerikanischen von Friedrich Polakovics. st 864

– Saat aus dem Grabe. Phantastische Geschichten. Aus dem Amerikanischen von Friedrich Polakovics. st 765

51/5/8.84

Phantastische Bibliothek
in den Suhrkamp Taschenbüchern

51/6/8.84